Ingrid Thobois | Illustrations de Gaël Henry

AMIR & MARLÈNE
Coup de foudre en 6e

Le feuilleton des Incs
En partenariat avec l'Association le Prix des Incorruptibles

ÉDITIONS SARBACANE

Pour Alma et Solal, Rosalie et Sacha.

Pour Amélie San, native from Palalda.

*Un grand bravo aux enfants de l'Orient pyrénéen
de s'être investis avec autant de sérieux que de joie
et à leurs équipes enseignantes de choc
pour leur précieuse implication !*

• 1 •
Ma mère rentre en sixième

– Marlène, ma chérie, tu vas voir : ça va être MER-VEIL-LEUX !

Impossible de dire combien de fois ma mère a prononcé cette phrase, cet été – juste avant de me décrire par le menu tout ce que le collège allait me réserver d'EX-TRA-OR-DI-NAIRE.

C'est simple, je n'ai pas eu un jour de répit : à peine mon CM2 terminé, Maman a embrayé direct sur ma tant attendue rentrée en sixième, me serinant des conseils du matin du soir comme si, les grandes vacances, ce n'était pas ultra-important d'en profiter : deux mois entiers pour tout oublier !

Mais non. Dès la fin juin, Maman avait commencé à me bassiner. À l'écouter, la sixième était un événement à peu près aussi marquant qu'une éclipse solaire totale.

– Changer de salle à chaque heure !
– Avoir plusieurs profs !
– Déjeuner au self !

Entre nous, et au risque de paraître blasée : des milliards d'écoliers sont déjà rentrés en sixième avant moi ! La plupart y ont survécu et n'en ont gardé aucun souvenir impérissable… à commencer par mon abruti de frère Teddy. Que pas mal de choses diffèrent de l'école primaire, je voulais bien le croire, mais on n'allait pas en faire tout un plat : l'école, ça reste l'école.

En tout cas, je ne comprenais vraiment pas pourquoi Maman faisait de ma sixième LE sujet de conversation des vacances. C'est simple : à l'approche de septembre, on aurait juré que c'était elle qui s'apprêtait à rentrer au collège.

De mon côté, plus ça approchait, moins l'idée me plaisait.

Et plus je regardais ma mère s'agiter dans tous les sens autour de mon cartable, plus je soupçonnais une entourloupe. Maman débordait d'enthousiasme, d'accord, mais bonjour la fébrilité !

Le jour où Maman m'a emmenée acheter mes fournitures scolaires, c'est elle qui a choisi la couleur de mes classeurs, la forme de ma trousse, la largeur de la plume de mon stylo, et c'est encore elle qui a tranché la question métaphysique : agenda *versus* cahier de textes. Je n'avais même pas donné mon avis qu'elle jetait déjà dans le caddie un agenda (qui est quand même le truc le plus compliqué de la Terre à utiliser).

La minute suivante, elle se tenait à quatre pattes au milieu du rayon papèterie, choisissant ses feuilles à grands carreaux, enfin mes feuilles à grands carreaux, enfin nos feuilles à grands carreaux. Tout en priant *pitié pitié pitié* pour qu'aucune de mes copines ne débarque à cet instant, je sentais mon ventre se nouer de honte et de gêne : quelque chose ne tournait vraiment pas rond chez Maman.

Maman a fini par se remettre debout.

– Hé bien cette fois je crois qu'on a tout ! a-t-elle chantonné, arc-boutée sur le caddie qui avançait en crabe.

Au moment de payer, la caissière (qu'on connaît bien vu qu'on fait tout le temps nos courses ici quand ce sont « les

grandes courses » – pour les petites, on va au Proxi à côté de la maison) nous a demandé si les vacances s'étaient bien passées, et des nouvelles de mon frère Teddy, et des nouvelles de mon père Odilon, et est-ce qu'il donne toujours ses cours de judo ? Et blablabli et blablabla, mais au fait bonne rentrée ma petite Marlène ! – et jusqu'ici, soyons honnête, c'était sympa de sa part de prendre des nouvelles, sauf que Maman lui retournait CHACUNE de ses questions, si bien que cette conversation n'en FINISSAIT pas mais je suis une enfant PATIENTE donc ÇA ALLAIT.

Seulement, au moment de passer au client suivant et de nous dire au revoir, la caissière m'a regardée avec un sourire bizarrement dilaté ; puis elle a zieuté Maman, puis moi, puis Maman, puis moi, et là, elle a sorti la phrase qui tue :

– C'est de plus en plus le portrait craché de sa maman, cette petiote !

Instantanément, ma mère m'a serrée contre elle au risque de me faire perdre l'équilibre, et j'ai éprouvé un sentiment horrible, comme si elle essayait de se glisser sous ma peau, comme si elle avait voulu m'avaler tout rond pour me remettre dans son ventre, une image de film d'horreur.

Mais j'ai enduré sans rien dire.

Sur le trajet retour, Maman souriait. La remarque de la caissière semblait lui avoir fait extrêmement plaisir. En même temps, ce n'est pas faux, qu'on se ressemble. Elle est blonde, je suis blonde (sauf que j'ai un carré aux épaules et elle aux oreilles). Elle a les yeux bleus, j'ai les yeux bleus. Elle a des taches de rousseur, j'ai des taches de rousseur. Elle est un peu rondelette, je suis un peu rondelette… Mais qui sait, peut-être qu'en grandissant je vais me mettre à ressembler à mon père et devenir enfin une grande tige filiforme comme lui et Teddy ? Il paraît que ça change parfois en cours de route, les morphologies, les visages.

On est arrivées à la maison, Maman a serré le frein à main dans ce grand bruit de pilote de rallye que j'aime bien, et avant de descendre elle m'a caressé la nuque, sous les cheveux :

– Dis donc, qu'est-ce qu'ils ont poussé, cet été !

Là, je l'ai vue venir, avec ses gros sabots, genre *et si on se faisait la même coupe ?* Hors de question.

– **Je veux pas que tu me les coupes !** j'ai dit, les sourcils froncés.

Je suis descendue de la voiture, j'ai claqué la portière et j'ai foncé tout droit vers la porte de la maison sans me retourner.

– Mais Marlène ! Je ne t'ai rien dit, mon canard !

Tu parles, Charles, j'ai pensé.

– **Et puis hé, ho, tu viens m'aider à vider le coffre !** Ce sont **tes** fournitures, je te rappelle !

Quand ça t'arrange, Solange, mais j'ai obtempéré.

Ma mère, elle se débrouille toujours pour avoir le dernier mot…

OK, peut-être qu'on se ressemble un peu là-dessus.

❤ 2 ❤

Deux coups de poignard en une matinée

– QUOI ? !

Je m'apprêtais à aller chez Inès, ma meilleure amie qui habite juste en face – sa mère devait nous emmener au Parkobranche faire de la tyrolienne. Et c'est là que Maman m'a asséné son premier coup de poignard.

– QUOI ? ! NON MAIS MAMAN NON MAIS TU PLAISANTES ?

– Enfin, Marlène, arrête de crier comme un putois, ce n'est pas la fin du monde !

– Mais Maman, SI ! C'est *THE* fin du monde ! j'ai dit en anglais, tellement j'étais choquée.

– Allons, du calme. Crois-moi ma poulette, j'ai beaucoup réfléchi et…

– Mais, Maman… Tu ne peux pas me faire ça !! Et puis tu aurais pu… Et d'abord **NON** mais **POURQUOI ?** Qu'est-ce que j'ai fait ? Tu ne te rends pas compte ! **C'EST L'HORREUR !** Je te jure que je vais mourir là, sur place, si…

– Marlène, s'il te plaît. Ça ne fait aucune différence.

– *Aucune différence ?!* Ne plus voir mes copines ?! Me séparer d'Inès ?! Me retrouver toute seule dans un collège à Pétaouchnok ?!

Maman a balancé dans l'évier la petite cuillère qui venait de lui servir à touiller son café, et j'ai cru que sa tasse allait se briser en mille morceaux lorsqu'elle l'a posée comme une brute sur la table de la cuisine.

– Marlène, d'abord tu baisses d'un ton et ensuite tu arrêtes de dramatiser. Il faut savoir faire face dans l'adversité (vous comprenez le sens de ce dicton, vous ? Moi, bof). Pour commencer, tes copines ne vont pas s'envoler (bonjour l'argument de consolation). Tu verras Inès le soir après l'école, sans compter les week-ends et les vacances (Pff! Comme si, en sixième, j'allais encore avoir le temps de jouer après la classe). Et puis, tu sais, ma chérie (voix soudainement suave), les vraies amies, ça ne s'oublie pas comme ça (petite caresse sur la tête). Je dirais même que franchement, s'il suffit qu'Inès et toi ne fréquentiez plus le même établissement pour vous perdre de vue, cela prouvera bien que votre amitié ne…

Là, Maman n'a pas osé terminer sa phrase, sentant sans doute qu'elle poussait le bouchon un chouïa trop loin. En revanche, elle n'a pas hésité à reprendre aussitôt la parole, pour se lancer dans un plaidoyer sur les « avantages » de ce changement de collège.

Je l'ai laissée parler.

Ensuite, j'ai inspiré très fort avant de lui dire ce que j'avais sur le cœur, et qui tenait en trois syllabes :

– **T'AS PAS L'DROIT T'AS PAS L'DROIT T'AS PAS L'DROIT T'AS PAS L'DROIT**, j'ai répété, les yeux débordant de larmes, un oursin de colère dans la gorge.

C'est là que Papa, depuis le canapé du salon, a sorti la tête de derrière son journal :

– Marlène, tu arrêtes immédiatement d'être insolente !

Moi, *insolente* ? Non mais qu'est-ce qu'il ne faut pas entendre ! **AH ! L'INJUSTICE !** Tout ce que je voulais, c'était que Maman me donne une bonne raison de m'avoir fait ce vrai sale coup... et voilà que papa prenait sa défense, alors que je pouvais lire dans ses yeux qu'il était *d'accord* avec moi, en plus, qu'au fond il avait envie de me prendre dans ses bras et de me consoler, pas de me crier dessus, seulement voilà : Maman pleurnichait...

Là-dessus, deux petits coups de klaxon ont retenti, mettant fin à la discussion – si on peut qualifier de « discussion » cet acte de haute trahison.

Papa m'a accompagnée jusqu'au perron. Puis il s'est penché, a planté ses yeux dans les miens, et il m'a embrassée sur le front.

– Allez-allez, ma grande fille, c'est pas si grave tout ça. Va t'amuser au Parkobranche !

J'ai reniflé bruyamment et je me suis dirigée comme un automate vers la voiture de la mère d'Inès.

Et là…

… deuxième coup de poignard de la matinée : il y avait déjà quelqu'un à côté d'Inès, sur la banquette. Et ce quelqu'un monopolisait toute son attention.

– Monte devant, ma chérie ! m'a lancé Craquotte, la mère d'Inès (elle s'appelle Caroline, on l'appelle Craquotte) à travers la vitre baissée. Marlène, tu connais Mirabelle ? Mirabelle, Marlène ; Marlène, Mirabelle !

Non, je ne connaissais pas Mirabelle – bonjour le prénom –, une espèce de midinette maigre comme un clou, maquillée comme une voiture volée, avec douze mille bracelets aux poignets et des faux tatouages sur son cou de poulet plumé. Elle avait l'air excitée comme une puce, mâchait un chewing-gum à toute allure, remuait dans tous les sens, parlait très fort et portait un T-shirt moche.

– Salut, j'ai dit à Inès en bouclant ma ceinture.

– Salut, m'a-t-elle répondu d'un ton bizarrement détaché.

– Salut, j'ai sifflé entre mes dents à l'attention de Mirabelle.

– Salut, a répondu Mirabelle entre deux ruminations.

– Mirabelle est la cousine d'Inès ! a expliqué Craquotte. Elle habitait à l'autre bout de la France, et figure-toi qu'elle vient d'emménager dans le coin avec ses parents ! Elle entre en cinquième – mais vous vous verrez souvent, puisqu'elle va aller dans le même collège que vous !

Gros silence.

J'ai ravalé la guirlande de sanglots qui s'entortillait déjà autour de mon cou.

– Ça ne va pas, Marlène ? a demandé Craquotte.

J'ai lutté pendant deux longues secondes, le temps que la voiture atteigne le coin de la rue… puis j'ai fondu en larmes et j'ai vidé mon sac.

Un œil sur la route, une main sur mon genou, la mère d'Inès m'écoutait avec compassion, ponctuant mon récit de petits « Oh », « Ah bon ? », « Je comprends », tandis qu'à l'arrière, Inès et Mirabelle continuaient de chuchoter, de pouffer, rien à cirer de ma tragédie, et j'étais de plus en plus déprimée, entre l'indifférence d'Inès et la preuve par A + B que Maman avait peut-être vu juste dans les limites de notre soi-disant indestructible amitié...

J'ai repris d'une voix plus forte, espérant attirer son attention :

– Non mais tu te rends compte, Craquotte ?! Me faire ÇA à moi, sa fille ?! M'inscrire sans me demander mon avis à **Pierre Moreto**, à Thuir, c'est-à-dire à 20 kilomètres d'ici ?!

Précision utile : depuis la nuit des temps, tous les enfants d'Oms, le village où j'habite, vont à **Jean Amade**, à Céret. C'est ce qu'on appelle « le collège de secteur » – le collège logique, le collège normal.

– Je ne comprends pas pourquoi elle m'inflige ça ! j'ai encore chouiné.

Et j'ai expliqué à Craquotte que, par-dessus le marché, Maman avait essayé de me faire gober qu'il s'agissait d'un « détail insignifiant », avant d'enchaîner sur le fait que **Moreto** était un « bien meilleur collège qu'**Amade** ».

L'excellence : son argument massue. « ***Moreto** a un taux de réussite au brevet de 88,3 % contre 80,3 % pour **Jean Amade** ! Tu vois bien !* » Sauf que non, je ne voyais pas bien. Pas bien du tout. Et d'abord, si ce collège de Thuir était si génial, pourquoi est-ce que Teddy n'y avait pas été, lui ?

Mais la question n'était pas du tout là, en fait.

La vérité…

La vérité, c'est que ma mère ne supporte pas l'idée que je puisse échapper à son contrôle.

Évidemment, vous ne connaissez pas ma mère. Et vous connaissez encore moins les *angoisses* de ma mère. Ni les idées qui pullulent dans son esprit et dans mon dos, soi-disant pour me protéger.

Mais primo vous pouvez me croire sur parole, deuxio vous en avez là un exemple parfait. Parce que, que je vous explique : la *vraie raison* de **Moreto** à la place d'**Amade**, ce n'est nullement le taux de réussite au brevet, mais le fait que cet établissement de misère, hyper-éloigné d'Oms, soit dirigé par « Laulau », la grande amie de Maman.

Les angoisses de ma mère sont telles que ça donne ça : dès que je quitte son champ de vision, elle est convaincue que les pires choses vont m'arriver. Elle a une imagination *débordante* pour toutes les situations catastrophes : kidnapping, fausse route de cacahuète, accident de trottinette, otite foudroyante, etc. La moindre piqûre de moustique se transforme dans sa tête en symptôme de maladie incurable.

C'est sidérant. Épuisant. Selon Papa, c'est lié à ma naissance : grande prématurée, je pesais moins de deux plaquettes de beurre réunies.

– Tu t'es bien rattrapée depuis ! me balance régulièrement Teddy, quand il ne me traite pas de « Bouboule », « Bouboulina », etc. (je ne sais pas si vous avez un frère – c'est l'enfer).

Mais laissons de côté la fratrie pour le moment. Je disais : à peine sortie de l'œuf, j'ai passé mes premières semaines avec des tuyaux dans le nez et dans la bouche, à l'intérieur d'une boîte transparente, quand on ne me collait pas à la peau de Maman pour qu'elle me réchauffe.

D'accord, d'accord, d'accord, c'est traumatisant. Seulement maintenant, j'ai **ONZE ANS**, une bonne cinquantaine de kilos de plus, et le corps à **37 DEGRÉS** constants, sauf quand je chauffe le thermomètre sur le radiateur pour sécher l'école. Je suis donc assez grande pour me débrouiller toute seule !

D'ailleurs, c'est en substance ce que Papa dit à Maman (je les entends le soir, à travers la cloison de ma chambre, et c'est comme ça que je sais que Papa est de mon côté et pas de celui de Maman, à propos de ce changement de collège – comme beaucoup de grandes personnes, mon père ne dit pas exactement la même chose selon à qui il s'adresse) :

–Enfin Nathou, il va bien falloir un jour que tu laisses Marlène sortir de sa couveuse !

… 3 …

La tyrolienne

Craaaac. Frein à main.

Craquotte m'avait écoutée déballer mon sac sans m'interrompre, mais comme on était maintenant arrivées sur le parking du Parkobranche, elle s'est sentie obligée de me dire quelque chose.

– Ma pauvre choute. Allez, courage ! La tyrolienne, ça va te changer les idées !

Et, se tournant vers la plage arrière :

– Les filles, je viens…

Mais Inès et Mirabelle avaient déjà jailli hors de la voiture, sans même m'attendre.

– … JE VIENS VOUS CHERCHER À 16H30! a hurlé Craquotte par sa vitre baissée. AMUSEZ-VOUS BIEN!

« *Amusez-vous bien.* »

Décidément, ils sont marrants, les adultes.

On vient de vous annoncer la pire nouvelle du monde et « Amusez-vous bien », qu'ils disent…

Je suis sortie de la voiture, bien obligée. Et j'ai traîné les pieds jusqu'à l'entrée du Parkobranche.

À 50 mètres devant moi, Inès marchait à fond la caisse aux côtés de Mirabelle, sans m'adresser un regard. En grande conversation au sujet de je ne sais quoi, Inès faisait virevolter dans tous les sens ses mains aux ongles vernis. Jamais je ne l'avais vue aussi volubile.

Lorsque Mirabelle a marqué une pause pour refaire son lacet, j'ai rattrapé les deux bolides, saisi le bras d'Inès et, à deux centimètres de son visage, je lui ai demandé si ça ne lui faisait rien.

– Quoi?

– Comment ça, *QUOI*? De m'ignorer comme tu le fais, de me snober sans la moindre explication!!

Plus j'aboyais, plus Inès fuyait mon regard. Les bras m'en tombaient : pour la première fois de nos vies, on allait être séparées, chacune dans un collège différent… et ça ne faisait ni chaud ni froid à ma meilleure amie à la vie à la mort !

– C'est bon, lâche-moi ! tu me fais mal ! elle a dit en se reculant.

Et elle s'est remise en marche du même pas bondissant que Mirabelle, qui avait terminé de refaire son lacet. Je les ai laissées filer toutes les deux, la vue brouillée par une nouvelle montée des eaux.

Jamais Inès ne m'avait parlé aussi froidement. On aurait dit qu'elle s'adressait à un chien qu'on a envie d'abandonner sur une aire d'autoroute au début de l'été…

Sauf que je n'étais pas un chien.

Et qu'on était à la fin de l'été.

❋❋❋

Est-ce la peine de préciser que cette journée a été la pire de toute mon existence ?

Suspendues au câble de la tyrolienne, Mirabelle et Inès riaient et se laissaient joyeusement porter dans leurs baudriers.

Moi, je me laissais glisser entre les arbres, dans la fraîcheur de la forêt, mais sans y prendre le moindre plaisir, priant même pour que le mousqueton s'ouvre, et PAF, on m'aurait retrouvée morte écrabouillée quinze mètres plus bas, et comme ça Inès s'en serait voulu toute sa vie de m'avoir remplacée par cette cruche de Mirabelle, et Maman ne s'en serait jamais remise, et Papa, et Teddy, et…

HÉ MAIS IL SE PASSE QUOI, LÀ ?

Zéro vent sur mon visage, zéro bruit de roulement au-dessus de ma tête : coincée ! Dans le vide. En plein milieu de la forêt !!! Tel un pantin au bout de sa ficelle. Une saucisse. Plus ridicule, tu meurs.

– Ne panique pas, petite, on va venir te chercher ! m'a aussitôt crié un des types du Parkobranche dans son gilet orange fluo.

Petite… petite toi-même ! Je fulminais de rage et de honte, mais ça ne m'empêchait pas d'entendre,

derrière moi, stridents et sonores, torturants, les rires confondus d'Inès et de Mirabelle.

❋❋❋

Craaaac. Frein à main.

– C'était bien ? a demandé Craquotte en nous récupérant sur le parking.

– Super ! ont répondu Inès et Mirabelle en chœur, tandis que je faisais de la charpie avec le ticket d'entrée de ce parc pourri où je me suis juré de ne plus JAMAIS remettre les pieds.

• 4 •

Oms, le (faux) petit paradis, la peur du noir et l'amour du train-fantôme

Oms, où j'habite, tient dans un mouchoir de poche. Il suffit de regarder sur Wikipedia :

« Petit village catalan de 279 habitants et de 18,9 km² situé dans les Pyrénées Orientales (blablabla), niché au milieu des collines à 500 mètres d'altitude face au Mont Canigou (blablabla), à moins de 10 kilomètres de l'Espagne et à 40 kilomètres des plages de la Méditerranée (blablabla) ».

« Un petit paradis ! » radotent les gens d'ici. Sauf qu'il n'y a pas de collège, à Oms. Pas plus que de

Monoprix ou de piscine municipale. Parce que justement, c'est un *petit* paradis. Or, dans ce petit paradis, il n'existe qu'une seule école primaire, qui comporte une seule classe dans laquelle tous les niveaux sont mélangés. Et c'est précisément là que Maman travaille non seulement comme institutrice, mais aussi comme directrice, si bien qu'elle règne en monarque absolu sur la totalité les enfants d'Oms, du CP au CM2.

Avant cette histoire de double coup de poignard, la situation ne me dérangeait pas. Je trouvais même ça pratique. Quand je n'avais pas compris une leçon, j'avais la maîtresse sous la main, le soir, pour lui demander de me réexpliquer. Si j'avais oublié mon cahier, il suffisait que je fonce le chercher dans ma chambre, et en trois minutes l'affaire était réglée puisqu'on habitait (on habite toujours) dans le logement de fonction, c'est-à-dire à l'intérieur de l'école.

Résultat ? Jusqu'à l'âge de onze ans, je n'ai pas dû quitter plus de deux minutes le périmètre de sécurité du regard de ma mère.

Son anxiété maladive a de très bons côtés. C'est par exemple une aubaine pour tout ce qui est dispense de sport. Mais le revers de la médaille, c'est que désormais, Maman ne veut plus *du tout* me laisser échapper à sa main-mise. Le cocon se révèle être une jolie petite prison bien dorée, bien verrouillée….

… et voilà comment on se retrouve catapultée en sixième à Pierre Moreto sans avoir eu le temps de dire ouf.

Au fond du fond, je trouve que Maman a de drôles de façons de gérer ses angoisses. Je veux dire que, moi, le jour où j'aurai un enfant, et en imaginant que j'aie peur qu'il se fasse kidnapper, je ne le mettrai certainement pas tous les matins seul dans un bus pendant vingt minutes pour l'envoyer jusqu'à un collège super loin de la maison, même si la directrice du collège en question est ma grande copine !

Mais Maman ne raisonne pas comme ça.

D'ailleurs, parfois, c'est à se demander si elle raisonne tout court. Vu la durée de mon trajet pour me rendre à Thuir, et le côté « parcours du combattant » de l'itinéraire, la probabilité qu'il m'arrive des choses atroces matin et soir est augmentée, je dirais d'au moins 100 % par rapport à ce que je risquerais en allant à **Jean Amade**. Ce qui me place en pole position pour faire la une du journal local dans les dix prochains mois !

Mais n'oublions pas que Maman a réponse à tout. On va *s'adapter*, m'a-t-elle expliqué. Ainsi, chaque matin, elle m'emmènera d'abord en voiture jusqu'au village de Llauro, où je prendrai le bus pour Thuir, et ensuite pareil au retour.

Vous voyez bien : le raisonnement de Maman ne tient pas debout ! Seulement, quand j'ai dit ça à Papa, il m'a répondu :

– Les peurs en général, et celles de Maman en particulier, ne sont pas des choses rationnelles.

– Ratio-quoi ?

– Rationnelles. Ça signifie que même si tu sais très bien qu'il n'y a aucun monstre sous ton lit, il peut t'arriver de vérifier, le soir, avant d'éteindre la lumière. Non ?

– Si…, j'ai avoué, limite honteuse.

– Mais à l'inverse, toi qui as peur du noir, tu adores le train-fantôme, non ?

Si, encore une fois…

– Hé bien voilà : dans la vie, on ne peut pas être tout le temps rationnel. Surtout en ce qui concerne les peurs.

• 5 •

Les grandes amitiés

Pour que Maman place une telle confiance en sa « Laulau », elle a forcément dû être très proche d'elle dans sa lointaine jeunesse. Peut-être autant qu'Inès et moi (enfin, avant la tyrolienne) ? Comme les deux doigts de la main ? Aussi dissemblables qu'inséparables ?

En tout cas, ça devait être il y a un bail parce que cette Laulau, j'ai à peine le souvenir de l'avoir vue à la maison, et je ne pense pas que Maman soit souvent allée chez elle boire un café, vu qu'elle ne boit jamais de café avec personne.

C'est étrange ça, d'ailleurs. Maman, on dirait qu'elle n'a pas de copines. Autour d'elle, il n'y a personne – à part Papa, Teddy et moi. Elle est soit à l'école, soit avec nous, si bien que Teddy, Papa et moi, on n'a pas une minute à nous !

Bref : pour Maman et Laulau, je ne sais pas, mais, pour Inès et moi, avant le Parkobranche, c'était à la vie à la mort ! D'abord, on est nées à un jour d'écart. Quand je n'étais pas chez elle, elle était chez moi, et *vice versa*. Lorsqu'elle commençait une phrase, je pouvais la terminer, et *vice versa*. Si on n'avait pas été si différentes physiquement, on nous aurait prises pour des sœurs jumelles.

D'ailleurs, c'est marrant parce qu'à la naissance, Inès était aussi bouboule que j'étais rachitique… et maintenant, la vapeur s'est inversée : Inès est une asperge à la peau mate, les cheveux encre de Chine, championne de natation synchronisée, les bras comme des spaghettis et les jambes comme des pattes de sauterelle. En comparaison, mes jambes ressemblent à deux petits poteaux, et mes bras sont tout potelés.

Moi, je me trouve bien comme je suis. Quand je me regarde dans le miroir, je ne vois pas un éléphant. Je

vois une fille enrobée mais jolie. La seule chose qui m'énerve à ce sujet, ce sont les remarques de Teddy. Et la seule chose qui me rend triste à ce sujet, ce sont celles de Papa. Par exemple, quand il dit :

– Marlène, CESSE DE TE BOURRER DE GÂTEAUX !

Papa n'a pas beaucoup de défauts, mais il a un côté « grand-sportif-très-soucieux-de-sa-ligne-prof-de-judo » qui me tape souvent sur le système. Et d'abord, cette fois-là, je n'étais pas en train de me bourrer de gâteaux, je prenais juste mon goûter. Avec Teddy à côté. Qui mangeait exactement comme moi. Pourtant, Papa n'a fait aucune remarque à mon frère.

C'est comme ça : même si je sais que mon père m'adore, je vois bien qu'il a dans la tête un monde idéal où les gens ressemblent tous à Inès et à Teddy, minces comme des fils, élancés comme des lianes.

Et que dans ce monde-là, je fais tache.

♥ 6 ♥

Chacun son enfant

Il faut que je vous dise un petit mot sur Papa… car il a aussi sa responsabilité dans la décision de Maman – tout comme mon abruti de frère aîné. C'est à cause de leur passion commune : le judo. Une passion tellement forte qu'elle est à l'origine du prénom de mon frère (Teddy, comme le judoka Teddy Riner!), mais aussi de son départ : à partir de la rentrée, Teddy ne va plus habiter avec nous. Il part en internat pour faire sport-études section judo.

Or, je suis presque sûre que, sans ça, Maman n'aurait pas reporté toute son attention sur moi. Je pense qu'elle m'aurait laissée aller à Jean Amade, comme elle l'a fait pour lui.

Sauf que « Teddy à l'internat », pour Maman, ça rime avec « On va me couper un bras ». Du coup, ça lui a renforcé ses angoisses.

Entre mon frère et Teddy Riner, la ressemblance est à peu près aussi criante qu'entre un nain de jardin et un basketteur. Mais Papa reste persuadé qu'une immense carrière de judoka attend son mini-lui. Je me souviens que le soir où Papa a avoué à Maman ce qu'il avait décidé, les murs de la maison ont tremblé.

Teddy à Narbonne ?!

Teddy en seconde à Narbonne ?!

Teddy interne en seconde au Lycée Docteur Lacroix de Narbonne ?!

Au bord de la crise de nerfs, ma mère se lamentait : on lui arrachait son fils, son bébé, son roudoudou…

– Nathou, enfin, Teddy a quinze ans !

– ET ALORS ?! EST-CE QUE QUINZE ANS, C'EST UN ÂGE POUR ABANDONNER SES PARENTS ?!

— Mais personne n'abandonne personne, ma chérie ! Voyons ! Allez, calme-toi.

— ODILON ARRÊTE DE ME PARLER COMME À UNE CRUCHE, JE ME CALME SI JE VEUX !

Bonjour l'ambiance.

Maman s'énervait de plus en plus.

Papa aussi.

— MAIS BON SANG, ODILON, POURQUOI EST-CE QUE TEDDY NE PEUT PAS ALLER COMME TOUT LE MONDE À **DÉODAT DE SEVERAC**, À CÉRET ?

— Parce que **DÉODAT DE SÉVERAC** ne propose pas de section judo, Nathou. Ils font seulement rugby.

— ET IL NE PEUT PAS FAIRE DU RUGBY COMME TOUT LE MONDE DANS LES PYRÉNÉES, CE GOSSE ?!

À ce moment-là, Papa était sorti de ses gonds en criant que Maman dénigrait le judo, et que de toute façon tu-n'y-as-jamais-rien-compris-Nathalie, et que comparer le judo et le rugby frisait l'insulte suprême (là, pour comprendre, il faut être initié).

Bref.

Résultat des courses : Papa a bel et bien inscrit Teddy comme interne à Narbonne. Et dans la foulée, Maman m'a inscrite à **Moreto** à Thuir. Au cas où vous n'auriez pas compris le rapport entre les deux histoires, on va dire que mes parents, c'est un peu « chacun son enfant ». Ils nous aiment tous les deux, OK… mais c'est Papa qui décide pour Teddy, et Maman pour moi.

Je dois dire que dans cette rentrée apocalyptique, c'est bien la seule chose qui me fait plaisir : Teddy en internat. Bon débarras !

Depuis ma naissance, je l'ai sur le dos. Pas un jour sans qu'il ne m'asticote. Pas un repas sans qu'il ne me fasse monter les larmes aux yeux. « Bouboulina », encore, ça reste à peu près correct. Mais il m'affuble de mille autres surnoms blessants, et il ne manque pas une occasion de me complexer ! « *Gros popotin* ». « *P'tite grosse* ». « *Plus facile à rouler qu'à porter* ». « *P'tit boudin* »…

Il s'est regardé, lui, le panini, avec ses jambes en fil de fer et sa silhouette de bilboquet ? Teddy comme Teddy Riner – la blague !? Il peut dire ce qu'il veut de mes bourrelets, il ferait bien d'en prendre quelques-uns, des kilos, s'il veut éviter de passer sa seconde à l'infirmerie du lycée !

• 7 •

La rentrée : J moins 1

L'avant-veille de la rentrée, Maman a décidé de me faire répéter le trajet pour le collège. Oui oui, *répéter*, comme au théâtre ! Devant la mairie de Llauro où elle venait de me déposer (après vingt minutes de route sans que j'aie ouvert la bouche une seule fois), j'attendais donc le bus, tandis que Maman se tenait en embuscade dans sa voiture pour surveiller mes faits et gestes. Pitoyable.

Le bus est arrivé.

Je suis montée dedans.

J'ai salué le conducteur.

Personne à bord, sauf lui et moi.

– Un aller pour Thuir, demoiselle ?

– C'est ça, j'ai répondu, bougonne. Je « m'entraîne » pour le grand jour…

– ET UN RETOUR ! a glapi ma mère en jaillissant de sa voiture pour engouffrer la moitié de son corps entre les portes du bus.

– La maman, je suppose ? a demandé le chauffeur.

– Oui oui !

– Et vous ne faites pas partie du voyage, Madame ?

– Non, non, je…

– Ma mère va nous suivre en voiture, j'ai répondu, défaite, préférant tout avouer (la honte, autant se la prendre frontalement).

– C'est sa rentrée en sixième ! a ajouté ma mère avant de descendre du bus. Je vous la confie ! a-t-elle lourdement insisté.

Pchiiiiiiiiiiiit.

Les portes du bus se sont refermées. Maman a encore tambouriné à la vitre, et j'ai savouré le repos de ne plus entendre les mots qui sortaient de sa bouche. Le chauffeur aussi, qui démarrait déjà en tournant son grand volant.

– Pas facile tous les jours, on dirait ? m'a-t-il lancé avec un clin d'œil et un sourire qui en disait long.

Peut-être qu'il avait une mère aussi pénible que la mienne. En tout cas, ça fait vraiment du bien, dans la vie, d'être comprise.

Je me suis un peu détendue.

Pas pour longtemps : je n'avais qu'à me retourner pour voir Maman. Pare-chocs contre pare-chocs, elle veillait à ce qu'aucune voiture ne puisse s'intercaler,

comme si ça pouvait se perdre des yeux, un bus, sur une route de campagne !

À son terminus – le fameux collège **Pierre Moreto** de Thuir –, le bus s'est garé : il marquait dix minutes de pause avant de repartir en sens inverse. Le chauffeur est descendu fumer une cigarette. J'ai prié pour que Maman reste dans sa voiture et attende.

Mais non. Il a fallu qu'elle se gare et qu'elle accoure jusqu'à moi pour me broyer dans ses bras en me félicitant.

— Ç'a été, ma chérie ? Pas trop impressionnant ? m'a-t-elle demandé devant le collège claquemuré, tout en adressant un sourire au chauffeur.

Bien sûr que ça avait « été ». Il ne faut tout de même pas être un guerrier pour prendre un bus. Mais Maman souriait et n'arrêtait pas de répéter qu'elle était fière de moi. D'habitude, je trouve que ça fait toujours plaisir, un petit coup de brosse à reluire, mais la mélasse de la honte me collait aux doigts, et j'aurais tout donné pour que ma mère se taise et me fiche la paix.

Les dix minutes étaient loin d'être écoulées, mais le chauffeur a eu pitié de moi.

– On y retourne. Attention au départ ! a-t-il lancé en écrasant sa cigarette même pas finie sous son talon.

Vraiment sympa, ce chauffeur.

❈ ❈ ❈

– Je suis tellement fière de toi, ma Marlène ! répétait Maman au dîner tandis que Teddy me traitait d'assistée de la vie, au prétexte que lui, jamais personne ne lui avait fait répéter son trajet pour le collège.

– Sauf que TOI, tu étais à **Jean Amade**, j'ai répondu, acide.

– T'es quand même une assistée de la vie, Bouboulina.

– Teddy, allons…, est intervenue mollement Maman au lieu d'enguirlander mon frère comme elle aurait dû (la perspective de l'internat où on allait le conduire demain donnait visiblement à son fifils une immunité totale).

– Qui reveut des carbonara ? a coupé Papa pour désamorcer l'orage.

En même temps que Teddy, j'ai tendu mon assiette :

– Bouboulina, on t'a déjà dit que…

– **LA FERME !** j'ai hurlé à Teddy (en fait, j'ai été beaucoup plus grossière que ça).

– Les enfants ! On ne va pas se disputer ce soir ! a enchaîné Maman en tapant du poing sur la table, ce qui a produit un joli petit concerto de couverts. Je vous rappelle que c'est notre *dernier* dîner tous ensembl…

Et là, elle a fondu en larmes.

Sympa, la dernière soirée des vacances !

– Teddy, laisse ta sœur tranquille, a dit Papa d'un ton pète-sec. Approche ton assiette, Marlène.

❄ ❄ ❄

Ensuite, on est tous allés se coucher comme des poules.

Évidemment, mes parents se sont chamaillés de l'autre côté de la cloison, et j'ai entendu tout ce que je savais déjà.

– Odilon, enfin ! Marlène est simplement en pleine croissance !

– Je n'ai jamais dit qu'elle était grosse, mais… rondelette !

– Elle est surtout préadolescente.

– Justement, Nathou ! C'est le moment de la mettre au sport !

– Mais elle FAIT du sport ! Regarde, l'an dernier, la gym au sol…

– Elle a fait 15 jours de gym au sol.

– Hé bien c'est pas mal déjà, pour quelqu'un qui n'aime pas ça.

– Nathou, il faut persévérer un peu avant de décréter que…

– Et puis elle a fait du volley aussi !

– Un mois. Le temps que tu cèdes à nouveau à ses caprices.

– Et du badminton !

– Elle n'est même pas allée au-delà du cours d'essai.

— Oui, bon, qu'est-ce que tu veux que je te dise ? Telle mère telle fille ! C'est pas son truc, c'est pas son truc ! Tout le monde ne peut pas être hyperactif comme…

— Comme…?! Mais je t'en prie, va au bout de ta pensée, Nathou !

Ensuite, je n'ai pas bien entendu la fin de la discussion, mais ça a viré au vinaigre, Maman me défendant, Papa défendant le sport.

— Mais CHUUUUUUUUUUUUUUUUUUUT, Odilon, tu vas les réveiller !

❋ ❋ ❋

Le lendemain matin, jour du départ de Teddy à l'internat, la famille au complet tirait une tête de six pieds de long. Teddy et moi gardions nos regards plongés dans nos bols de chocolat chaud.

Moi, de toute façon, j'avais un semi-remorque à la place du cœur à l'idée que Papa puisse arrêter de m'aimer à cause de ma silhouette « rondelette ». Quant à Maman, incapable d'accepter que son fiston parte pour Narbonne, elle demeurait prostrée dans un silence épais comme de la purée de pois...

... à tel point que Papa, finalement, a décidé d'aller sans elle conduire mon frère à l'internat, histoire d'éviter qu'elle ne concurrence les chutes du Niagara.

– Marlène, tu veux nous accompagner à Narbonne pour dire au revoir à Teddy ?

Et puis quoi encore ?!

Cependant, je dois avouer que lorsque j'ai regardé Teddy quitter la maison avec son gros sac sur le dos, Maman me serrant les épaules comme si j'avais été la rambarde de sécurité du grand huit, je l'ai un peu moins détesté que d'habitude,

le frérot.

De son côté, il avait comme une poussière dans l'œil.

– Bon, bah, salut Marlène.

– Salut.

– Désolé pour hier, au fait.

❈❈❈

Papa a mis deux heures à faire l'aller-retour. Pendant ce temps, Maman lisait, mais il fallait voir à quelle vitesse elle tournait les pages. Moi je taillais mes crayons que j'avais déjà taillés la veille, et je préparais ma tenue pour demain alors que je savais très bien ce que j'allais porter. Par moments, d'une voix absente, Maman me demandait si ça allait et je répondais « oui oui », comme j'aurais pu dire l'inverse – de toute façon, Maman n'écoutait pas. Elle ne faisait que guetter le moteur de la voiture de Papa.

Lorsqu'il est enfin rentré, il avait une petite mine et on voyait bien qu'il se forçait à sourire. On s'est retrouvés comme trois potiches.

C'était très étrange : on aurait dit qu'en l'absence de Teddy, on ne savait plus quoi faire de nous. Une sorte de déprime planait sur la maison. Alors, Papa a eu une idée :

– Et si on regardait un DVD ?

On a mis *Moi, moche et méchant,* qui est un de mes films préférés. Exceptionnellement, on a mangé devant la télé. Je me suis pelotonnée entre mes parents.

Et à ce moment-là, avec Papa et Maman rien que pour moi, je peux vous affirmer que Teddy ne m'a pas du tout, mais alors pas du tout manqué.

• 8 •

Le jour J

– À ce soir, ma chérie ! Surtout, tu m'envoies un sms quand tu arrives au collège, hein ?

– Oui, oui.

– Bonne journée, ma chérie.

– Bisous.

– Bisous.

– BISOUS !

– **BiSOUS !**

Sous l'abribus, les adieux s'éternisent. Et même si je continue à en vouloir à ma mère, je dois dire que ce transfert à Thuir présente un point très positif : du fait de l'éloignement du collège, mes parents m'ont acheté un portable – avec forfait illimité –, histoire de me permettre de faire face aux innombrables dangers du trajet ! Teddy, lui, a dû attendre son entrée en Seconde pour en avoir un !

Pour ce grand jour de rentrée, j'ai enfilé mon jean *skinny* préféré, auquel j'ai fait des revers extérieurs (dire que Maman voulait le faire raccourcir quand on l'a acheté !), mes *Creepers* et mon sweat à capuche bleu que j'adore. La classe. De quoi me faire copine avec les filles les plus populaires du collège.

Dans le bus, je me suis assise à côté d'une dame, pour satisfaire Maman qui, sous l'œil goguenard du chauffeur, faisait le pied-de-grue en attendant le départ du bus. Dès le premier virage, j'ai changé de place pour m'installer au fond du car.

À cet instant précis, j'ai ressenti quelque chose de très agréable, un peu comme si j'avais pris vingt centimètres d'un coup : une sensation d'être seule au monde, certes, mais puissante aussi, mais fière, libre de ma destinée… grande, quoi ! Comme une sixième !

Mes écouteurs sur les oreilles, la musique à fond la caisse, je regardais le monde défiler. Au terminus, je suis descendue, presque guillerette, en adressant un grand sourire au chauffeur, pour me retrouver nez à nez avec…

… la plus grosse foule que j'aie vue de ma vie.

Je n'avais jamais été confrontée à autant de monde, même au centre commercial le samedi après-midi. Et quel brouhaha !

Cramponnée aux bretelles de mon sac à dos flambant neuf, j'ai essayé de me frayer un passage.

– Pardon ! Pardon ! PARDON !

J'avais l'impression d'avancer dans une forêt amazonienne humaine. Personne ne me voyait. Personne ne m'entendait. Et tout à coup, perdue dans cette foule d'une densité invraisemblable, je me suis sentie seule, mais SEULE, mais **SEULE !**

Rien à voir avec la sensation d'euphorie que j'avais éprouvée dans le bus.

Là, j'étais complètement paumée.

Heureusement, je me suis souvenue du portable dans ma poche. Maman m'avait déjà laissé huit textos. Je me suis accrochée à l'appareil comme à une bouée de sauvetage et j'ai pianoté pour dire que j'étais bien arrivée, ce qui était vrai même si ça ne signifiait pas pour autant que tout allait bien. Je comptais sur le sixième sens de Maman pour lire entre les lignes, comprendre ma détresse… J'attendais qu'elle m'appelle pour me soutenir le moral.

Raté. Elle s'est contentée de me renvoyer une ribambelle de *smileys*, la bouche en cul-de-poule sur un cœur écarlate. Alors que j'aurais très bien pu avoir été enlevée!! Et dans ce cas, c'est mon ravisseur qui aurait envoyé le sms à ma place, tout en se demandant par quel bout il allait commencer à me découper!! Parce que quand on y réfléchit, un sms, ça ne prouve rien du tout, et d'ailleurs je…

— ON ÉTEINT ET ON RANGE LE PORTABLE AU FOND DE SON SAC, JEUNE FILLE! a aboyé un surveillant. UTILISATION STRICTEMENT INTERDITE À L'INTÉRIEUR DE L'ÉTABLISSEMENT!

Brusquement privée de tout moyen de communication avec l'extérieur, j'ai senti le chagrin me submerger. Bien qu'entourée d'un monde fou, j'étais aussi abandonnée qu'un navigateur en plein passage du cap Horn : une foule, quand on ne connaît personne, c'est terrifiant.

Sans compter que cette foule d'élèves ne faisait que parler parler parler. On aurait dit des adultes. Personne ne courait. Personne ne jouait. Personne ne sautait à l'élastique, à la corde. Impossible de repérer les autres sixièmes.

C'est alors que la sonnerie a retenti, terrible, agressive.

Et la masse de corps s'est mise en mouvement.

– Hé ! Oh ! C'est mes pieds, là ! j'ai crié.

Mais je n'avais visiblement qu'à mieux les ranger, mes pieds, au cœur de ce grouillement.

Une dame blonde s'époumonait dans un mégaphone. Sa silhouette me disait quelque chose… Laulau ?

Obéissant à ses injonctions, nous nous sommes mis à former des tas dans la cour. Un tas de troisièmes, un tas de quatrièmes, un tas de cinquièmes, un tas de sixièmes.

Au collège, la grosse différence entre les sixièmes et les autres, outre le fait qu'ils sont beaucoup plus petits, c'est que les sixièmes ne se font pas (encore) la bise, tandis que les autres élèves passent leur vie à ça : *smack, smack, smack, smack*, matin midi et soir, se tortillant de gêne, un peu comme s'ils avaient envie de s'embrasser sur la bouche mais pas complètement, ou alors envie mais peur en même temps – bref, ça a l'air compliqué. Et ensuite, ils restent plantés les uns face aux autres, debout, à se raconter va savoir quoi dans le blanc des yeux et à se recoiffer toutes les dix secondes.

— Les sixièmes, vous vous rangez de ce côté-ci ! a vociféré Laulau – puisque c'était bien elle, plus de doute possible : elle venait de se présenter comme « Madame Laurence Delattre, principale du collège ».

À un moment, son regard a croisé le mien ; alors, en petite fille bien élevée, je me suis avancée pour lui transmettre le bonjour de Maman.

– Bonjour Madame Laulau, je suis…

– Va te mettre en rang avec les autres, toi ! a-t-elle hurlé en me pointant d'un doigt comme prolongé par le sabre laser de Luke Skywalker.

Sonnée, j'ai obéi. Je me suis mise en rang avec n'importe qui, vu que je ne connaissais personne.

Et j'ai attendu.

À ce moment précis, j'en avais déjà gros sur la patate, pour ne pas dire que j'étais au bord des larmes. Mais le pire n'était pas encore arrivé.

• 9 •

La journée la plus longue de mon existence

Le pire, c'est quand je me suis perdue. J'ignore comment. Une sorte de glissement de terrain surnaturel a dû se produire, me faisant sournoisement passer du tas de sixièmes à un autre tas… Un tas de grands, de très très grands.

J'avais pourtant grimpé les escaliers jusqu'au deuxième étage au même rythme que le reste du troupeau. Mais quand j'ai relevé la tête, il n'y avait plus autour de moi que des asperges boutonneuses aux mouvements brutaux. Je me suis reculée pour éviter de recevoir un coup de sac à dos, la sonnerie a de nouveau retenti…

Et là, on aurait dit de la science-fiction : en une fraction de seconde, *tout le monde* avait disparu. Un peu comme si l'humanité entière s'était fait aspirer par le siphon du couloir.

Les élèves étaient tous rentrés dans leur salle de classe tandis que je prenais racine dans le silence.

Terrifiée. Enfilade de portes closes d'un côté, enfilade de portes closes de l'autre. J'ai senti mon ventre se nouer. J'ai sorti mon portable de ma poche pour appeler Maman. Messagerie.

Bonjour,

vous êtes bien sur le portable de Nathou, laissez-moi un petit message et je vous rappelle dès que possible !

Le cauchemar. Elle avait mis son portable en mode avion. Elle avait *mis son portable en mode avion*, alors que la soi-disant prunelle de ses yeux se trouvait à l'autre bout du monde dans une situation de **détresse extrême !?** C'était à n'y rien comprendre. (J'étais si déboussolée que j'avais oublié que ma mère, étant institutrice, ne pouvait pas tout le temps répondre à son téléphone.)

Je sanglotais à gros bouillons lorsque Laulau a surgi au bout du couloir.

– Mais qu'est-ce que tu fais là, toi ? m'a-t-elle demandé, presque gentiment, soudain bien lunée (les adultes sont vraiment difficiles à suivre).

– Je… Je suis…

– Marlène ! La fille de Nathou ! C'est ça ?

J'ai reniflé en guise d'acquiescement. Et j'ai gardé par-devers moi une petite remarque en rime comme je les aime : « *Pas trop tôt, Laulau !* ».

Elle m'a prise par la main et m'a conduite jusqu'à un autre étage. **Moreto**, ce n'est pas un collège, c'est un labyrinthe ! Puis Laulau a frappé à une porte et abaissé la clenche dans un même élan, vu que quand on est la directrice, on n'a pas besoin d'attendre l'autorisation pour entrer.

Dans la série « arrivée discrète » : la classe entière s'est tournée vers moi. On aurait dit un champ de tournesols à l'apparition du soleil ! Vingt-six paires d'yeux, c'est-à-dire soixante-deux yeux – ah non, cinquante-deux, bon, bref, passons sur les maths, en tout cas, beaucoup d'yeux, braqués sur moi.

La prof a remercié Laulau avec un petit sourire en coin. Je n'étais sans doute pas la première élève de sixième à se perdre dans l'établissement ! Elle m'a dit d'avancer et de m'asseoir à une table vide.

– Les enfants, je vous présente Marlène !

Une rumeur s'est élevée dans la classe. Et j'ai très distinctement entendu quelqu'un dire : « **Marlène la baleine !** », et puis des rires, tandis que la prof essayait de ramener la classe au silence.

Le cauchemar commençait…

❄❄❄

Cette journée de rentrée en sixième, la plus longue de mon existence…

… je l'ai passée toute seule.

Sous les quolibets.

En serrant les dents.

Et que je t'insulte, et que je te snobe, et que je te fais un croche-patte, et que je te bouscule, et que je déblatère à l'oreille de ma copine en te jetant des coups d'œil moqueurs, j'en passe et des pires encore.

À 16 heures, j'ai pris le bus pour rentrer à la maison. Le visage souriant du chauffeur m'a remis un peu de baume au cœur. Je n'ai pas eu besoin de lui faire de dessin.

– Elle était difficile, cette première journée ?

J'ai serré les dents pour ne pas craquer devant lui vu que quand même j'ai ma fierté, lui répondant seulement d'un petit sourire pathétique, puis j'ai filé au fond du car pour laisser libre cours à ma tristesse.

La vue brouillée, j'ai fait plein de fautes de frappe dans le sms que Maman m'avait demandé de lui envoyer (« jr syis dans lz bis »), et j'ai pleuré pleuré pleuré.

Pourtant, lorsque Maman me récupère à Llauro, je fais la fille blasée.

– Alors ! Comment ça s'est passé, mon cœur ?

– Top.

Peut-être que vous trouverez ça bizarre, mais la honte était trop forte. Ça m'empêchait de raconter à Maman ce que j'avais enduré. C'était forcément de ma faute, si personne à **Moreto** ne voulait de moi comme copine… Et puis, seule une abrutie finie trouve le moyen de se perdre dans les couloirs de son collège ! Jamais une chose pareille n'était arrivée à Teddy.

D'ailleurs, mon frère avait raison : j'étais grosse et moche. La preuve, la ceinture de sécurité me serrait le ventre.

– Qu'est-ce qui t'arrive, Marlène ? m'a demandé Maman, le soir, en désignant la demi-tomate farcie que j'avais laissée dans mon assiette alors que c'est mon plat préféré, ex æquo avec le hachis Parmentier et le sandwich pain-de-mie-sans-croûte-Kiri.

– Pas faim.

Maman a insisté pour que je mange, mais Papa ne voyait pas l'intérêt de me forcer.

– Tu es sûre que tu vas bien, hein ?

Et là, comme dans les films, j'ai été sauvée par le gong, car le téléphone a sonné. C'était Teddy. Il avait plein de choses palpitantes à raconter à mes parents… Logique, vu que mon frère, c'est un champion, alors que moi je ne suis qu'une grosse dondon sans intérêt.

– Va te mettre en pyjama, les dents, pipi, et je viens te faire un bisou ! m'a lancé Maman, toujours pendue au téléphone.

Quand elle est venue m'embrasser après au moins une heure à jacasser avec Teddy, je me suis serrée contre elle, le visage trempé de larmes, et je lui ai dit que je ne voulais plus ressembler à une baleine.

– Ma chérie, tu ne ressembles pas du tout à une baleine… ! D'où sors-tu une énormité pareille ?

Zut. Moi qui ne voulais rien avouer à ma mère pour éviter qu'elle se mêle de cette affaire, c'était raté.

– J'appelle Laulau **IMMÉDIATEMENT !** a-t-elle éructé.

J'ai jailli de mon lit pour me planter les bras en croix devant elle.

– Non non non non non Maman Maman Maman s'il te plaît s'il te plaît s'il te plaît ! Laisse-moi me débrouiller, ça va, je t'assure, je me fiche qu'on se moque de moi, je…

– Comment ça, **TU T'EN FICHES ?** Hé bien moi, **NON**, figure-toi ! Je ne me fiche pas du tout qu'on se moque de ma fille ! Qui est-ce qui t'embête ? Ce sont des élèves de ta classe ? Dis-moi comment ils s'appellent. Je vais aller voir leurs parents *illico presto* et ils ont intérêt à…

– C'est personne, je te promets, Maman, c'est personne !! Je t'en supplie, si tu t'en mêles et si Laulau s'en mêle, et si tu vas voir les parents des autres, c'est carrément tout le collège qui va se moquer de moi, s'il te plaît, laisse-moi juste…

Et là, c'est sorti tout seul :

– … **FAIRE DU JUDO !**

Maman a ouvert des yeux ronds.

– Pardon ?... Faire du... judo ?! Non mais qu'est-ce que vous avez tous, dans cette famille, avec le judo ?

❃❃❃

Le soir, il y a eu un grand débat parental de l'autre côté de la cloison : ma mère campait sur ses positions tandis que mon père approuvait le fait que j'essaie de me débrouiller toute seule, « sans Môman ». Il a ajouté que bien sûr, si vraiment les choses se gâtaient au collège, il interviendrait avant que ça ne dégénère. Quant au judo, il en faisait son affaire…

Mais là, je n'ai plus entendu aucune voix derrière la cloison, seulement des petits gloussements.

J'ignore comment Papa a emporté le morceau, mais ce que je sais, c'est que dès la semaine suivante, je me suis retrouvée en tenue sur le tatami du dojo de Céret.

Bonus 1

Trois recettes "made in Marlène"!

RECETTE 1 : SANDWICH AU KIRI

Prends deux tranches de pain de mie industriel bourré de cochoncetés qu'on adore. En l'absence de tes parents, empare-toi du couteau. Découpe la bande marronnasse qui encadre le carré de mie, puis donne-la aux poissons rouges.

Ensuite, tartine généreusement chaque tranche de plusieurs carrés de Kiri (l'idéal : 1 cm de Kiri de chaque côté). D'un geste souple, presse les deux tranches l'une contre l'autre jusqu'à ce que le fromage fondu déborde du pain.

Dévore.

(Comment ça, *« c'est pas une vraie recette »* ? Je n'ai jamais prétendu tenir un restau étoilé!)

Recette 2 : Tomate farcie

Prends une tomate, n'importe laquelle, de toute façon tu ne la mangeras pas, c'est juste pour ne pas faire mentir la recette. À l'aide d'une petite cuillère, retire le cerveau de la tomate, son jus, ses pépins, tout tout tout. Bourre-la ensuite de tout ce que tu trouveras de bon dans le frigo et le placard (jambon de Parme, sardines, fromage de chèvre – enfin, peut-être pas les trois ensemble… encore que ?!) en malaxant avec des morceaux de pain de mie (là encore, sans la croûte marronnasse).

Demande à tes parents d'allumer le four et de le préchauffer à la bonne température, et de surveiller la cuisson à ta place pendant que tu te fais un petit sandwich pain-de-mie-sans-croûte-Kiri les doigts de pied en éventail.

Recette 3 : Hachis Parmentier

Sors le mixer du placard.

Verses-y tout ce qui te plaît : le reste de purée d'hier avec le reste de viande d'avant-hier, assaisonne avec une bonne dose de mayonnaise en tube pas trop périmée et plein de ketchup (ça, ça ne se périme jamais, j'en ai déjà mangé du qui datait de l'an 2000, c'est passé comme une lettre à la Poste), du sel, du poivre.

Mixe à fond la caisse jusqu'à ce que tout ça fasse de la charpie rose pâle.

Verse ladite charpie dans un moule à cake, puis recouvre de 5 centimètres de fromage râpé.

Passe ce truc délicieux au grill et avale-le à toute vitesse avant **DING DONG** le retour de tes parents !!

● 10 ●

Au judo

Le vieux kimono de Teddy me va comme un gant. J'ai aussi enfilé mes claquettes de piscine.

Bref : sur le tatami, je ressemble à une pro.

Certes, c'est mon tout premier cours de judo, mais vu que mon père et Teddy ne discutent que de ça et que j'ai assisté à des centaines de compétitions, je me sens confiante. Après tout, les autres enfants ne sont pas beaucoup plus expérimentés que moi : je n'ai manqué que le premier cours, la semaine dernière. Je regarde faire, et j'imite.

Dans l'ordre :

1 On entre sur le tatami et on salue à la japonaise, les mains jointes devant la poitrine en inclinant un peu le buste. Fastoche.

2 Tout le monde se met à genoux. Et on re-salue, cette fois en direction de la photo d'un petit pépé à la peau toute craquelée, l'air pas rigolo du tout – difficile à croire, mais c'est lui qui a inventé le judo ; il s'appelle maître Kano.

3 On salue encore, mais cette fois en direction de Papa, enfin du prof.

Kimono, ceinture noire, orteils à l'air ; sur un tatami, mon père est méconnaissable.

Et plutôt impressionnant, je dois dire !

L'échauffement commence. On court autour du tapis dans un sens et hop, dès que Papa frappe dans ses mains, on court dans l'autre sens. Collision assurée en cas de voisin un peu dur de la feuille.

Aïe ! Désolé !

Ensuite, on se met à défiler comme des hiéroglyphes égyptiens, en pas chassés autour du tapis. Dans un sens, puis dans l'autre sens – hop – au signal de Papa.

Aïe ! Désolé !

Ensuite, mains sur les hanches, et que je pivote le buste dans un sens, puis dans l'autre, *SANS BOUGER LES JAMBES MARLÈNE !,* ah bon, zut, mais pas le temps de recommencer, il faut déjà s'accroupir, puis se mettre debout, accroupi, debout, accroupi, debout, accr…

– Abdos, maintenant ! On tient les jambes de son voisin et on se redresse !

Là-dessus, dix pompes. Une… Ouh là… Deux, ça ira comme ça.

Et on finit en faisait rouler la nuque touuuuuuuut doucement dans un sens, puis touuuuuuuut doucement dans l'autre, de manière à éviter de se bloquer le cou. Suite à quoi, dans un grand bruit sourd, nous nous écroulons tous sur le tatami pour former un tapis d'enfants épuisés, les bras écartés, position étoiles de mer, le regard au plafond.

– Non mais qu'est-ce que c'est que ça, les enfants ? a vociféré papa. Asseyez-vous correctement ! Agenouillés ! On ne se vautre jamais sur un tatami ! Que dirait maître Kano s'il vous voyait ?

– Ben, il est mort, m'sieur.

– Léonard ! À la prochaine remarque déplacée, tu sors du tatami !

Perso, je ne voyais pas ce qu'il y avait de déplacé dans cette affirmation, mais mon père ayant une grosse autorité naturelle, Léonard l'a bouclée.

– L'échauffement est terminé.

J'ai murmuré à l'oreille de Léonard :

– Ça, un échauffement ?! Non mais j'ai tout donné, là, je suis vidée, moi !

– Nous allons maintenant passer à la chute ! a continué Papa.

– C'est quoi, la chute ? j'ai chuchoté à l'oreille de Léonard.

– Marlène, tu veux poser une question peut-être ?

Oh, la honte ! À peine si je reconnaissais la voix de mon père.

– Euh, non, Pap… m'sieur.

– Dans ce cas, **TU TE TAIS** ! Je reprends : comme je vous l'ai expliqué la semaine dernière, au judo, il est très important d'apprendre à tomber. Un bon judoka est quelqu'un qui maîtrise les chutes. Nous allons donc poursuivre avec une séance de brise chute, autrement dit, de… de… Qui se souvient du terme japonais ?

– *UKEMI* !

Le groupe entier s'est tourné vers… moi. Sur le visage de Papa, l'étonnement et la joie se mélangeaient dans une même expression de contentement.

– Bravo Marlène !

Allez savoir d'où je tenais ma science. Enfin, si, des heures et des heures à écouter sans les écouter les conversations entre Teddy et Papa ! Mais je dois dire que j'étais la première bluffée de découvrir ce que mon cerveau avait emmagasiné à mon insu.

Papa a repris son speech. Chute arrière, chute avant, chute latérale, l'idée était de nous apprendre à *rouler* au lieu de *tomber*. La technique : placer le bras en avant avec la main en dedans, tête rentrée. Former comme un petit œuf, et *zoum*, se jeter sur son épaule en s'arrondissant au maximum. Et en principe, ça roule ! Enfin, *le corps* roule.

– Tout le monde a bien compris ? a demandé Papa.

Personne n'en était sûr, mais tout le monde s'est mis debout. Et on a commencé à rouler dans tous les sens. Certains semblaient avoir fait ça toute leur vie. D'autres… moins ! On entendait parfois un gros *BAOUM* lorsque quelqu'un faisait un plat.

– Ça va Léonard, tu ne t'es pas blessé ? Ce n'est rien, va t'asseoir cinq minutes dans les gradins. **Les autres, on ne se déconcentre pas !** Continuez ! D'un côté, de l'autre, encore une dizaine de fois, je vous regarde !

Moi, je m'appliquais à fond.

Et sans vouloir me vanter, je me défendais plutôt pas mal ! Il faut dire que mon petit rembourrage naturel me permettait de rouler beaucoup mieux que mes camarades. Et si mes formes allaient *enfin* me servir à quelque chose ?

Papa observait chacun et chacune très attentivement, faisait des remarques, corrigeait les positions des uns et des autres. Petit à petit, il est arrivé à ma hauteur ; je me suis concentrée au maximum, j'ai pris mon élan, j'ai jeté mon bras en avant, poignet retourné, main vers l'intérieur, j'ai formé le plus bel œuf possible, et là, ce fut…

… la roulade du siècle !

Surtout pour quelqu'un qui n'avait jamais posé les pieds sur un tatami. Une roulade de débutante, OK, mais une exemplaire roulade de débutante.

– Alors là… BRAVO Marlène ! Rien à dire, excellent ! Tu en refais une dans l'autre sens ?

Toute fière, j'ai obtempéré.

Et là :

– Oh, ma chér… Marlène ! Tu ne t'es pas fait mal ? Ne t'inquiète pas, c'est normal, il y a toujours un côté plus compliqué que l'autre. Courage ! C'est bien, c'est bien ma ch… Marlène !

Puis, Papa s'est penché vers moi et m'a glissé à l'oreille, avec un petit clin d'œil :

– C'est ton frère qui va être impressionné quand il va rentrer ce week-end !

J'avais beau être sonnée… quelle fierté !

• 11 •

Madame Cotillon

Quand je serai forte en judo, je les mettrai tous K.-O.
Quand je serai forte en judo, je les mettrai tous K.-O.
Quand je serai forte en judo, je les mettrai tous K.-O.

Voilà ce que je me suis répété en boucle la semaine entière pour supporter les têtards sournois qui me servent de camarades de classe. Tous ne me harcèlent pas, d'accord, mais je peux vous assurer qu'il suffit d'un ou deux demeurés pour que votre vie devienne un enfer.

Et dans cette catégorie, la médaille d'or revient à Kevin et Ryan, *ex-aequo* : deux molosses plus grands que les profs, qui ont oublié d'avoir un cerveau, qui ont des chicots à la place des dents et dont le vocabulaire se limite à quatre mots et trois onomatopées.

Leurs jeux préférés ? Me bousculer dans la cour pile au moment où je m'apprête à mordre dans le goûter que Maman m'a préparé (un sandwich concombre - beurre salé, mon deuxième en-cas préféré).

Ou bien, taper dans ledit goûter pour le faire tomber.

Autre variante, faire valdinguer mon plateau dans la queue du self. Ou encore, grand classique, le croche-patte dans l'allée centrale de la classe lorsque je suis appelée au tableau.

Hilarant, n'est-ce pas ? Le plus agaçant, c'est que sur le moment, j'ai toujours envie de pleurer. J'essaie de retenir mes larmes parce que je sais bien que c'est ce qu'ils attendent, et je ne veux pas leur donner cette victoire. Seulement, c'est plus facile à dire qu'à faire.

Lundi, mardi, mercredi, jeudi, vendredi : pas une journée sans que Crétin 1er et Crétin 2nd ne se démarquent par leurs idées de génie.

Alors, chaque soir en rentrant de l'école, le marathon du mensonge commence. Eh oui ! Je suis forcée d'inventer des salades plus grosses que moi pour justifier la énième tache sur l'avant de mon *sweat*, ou le énième bleu au tibia… Mes bobards commencent à inquiéter Maman.

À tel point que, le vendredi soir, elle m'annonce qu'elle a pris rendez-vous en urgence chez Madame Cotillon.

Madame Cotillon, je la connais depuis toute petite. Elle m'a torturée plein de fois avec ses vaccins. Mais parfois, elle a aussi réussi à me soigner – par exemple quand j'ai eu la varicelle. Et de temps en temps, elle m'a prescrit des sirops délicieux, aromatisés à la fraise ou à la banane. Je la trouve tantôt sympa, et tantôt détestable, à avoir envie de lui faire manger ses lunettes.

En tout état de cause, je ne suis pas malade… Alors, quel besoin d'aller voir un médecin ? Bonne question. Sauf que vous ne connaissez pas ma mère quand elle a une idée dans le citron !

– Quoi… Là, tout de suite ?!

– Là tout de suite, oui. Dépêche-toi, Marlène. J'aimerais qu'on soit rentrées avant ton père et ton frère.

C'est vrai qu'on est déjà vendredi. Jour du premier retour de Narbonne de Teddy.

❋❋❋

– Bonjour Marlène. Tu as sacrément grandi depuis la dernière fois que je t'ai vue, dis donc !

Ben… C'est-à-dire que, comme je ne suis pas un nain de jardin mais une enfant, je prends des centimètres avec le temps, c'est sûr.

– Tu viens avec moi ?

Comme si j'avais le choix. J'ai adressé un signe de main à Maman qui a lancé à Madame Cotillon un regard appuyé avant de retourner aux magazines féminins soi-disant débiles de la salle d'attente.

– Alors, Marlène, qu'est-ce qui t'amène ?

– Ça, il faut le demander à ma mère.

– Hmm-hm. Tout se passe bien au collège ? a-t-elle embrayé. C'est excitant la sixième, non ? Tout est nouveau, tout est…

– Ouais, super excitant, j'ai répondu en scrutant les affiches de peinture aux murs (de manière à éviter le détecteur de mensonges de ses yeux).

C'est là que j'ai aperçu le pèse-personne. Et là, sans transition, j'ai demandé à Madame Cotillon :

– Combien ça pèse, une baleine ?

– Que veux-tu dire, ma petite Marlène ? m'a-t-elle répondu, interloquée.

— Je ne veux rien dire, je veux juste savoir combien pèse une baleine.

Madame Cotillon a ouvert des yeux tellement grands que j'ai fini par avoir pitié d'elle. Et puis… Bon, après tout, les médecins sont soumis au secret médical, ce qui veut dire que s'ils cafardent, ils peuvent aller en prison, n'est-ce pas ? Alors j'ai décidé de lui raconter mes malheurs.

— Au collège, on me traite de baleine, donc je voudrais savoir si j'en suis une ou pas.

Dans le regard de Madame Cotillon, j'ai lu un mélange de compassion et d'amusement. Mais elle s'est ressaisie tout de suite, très professionnelle, et elle m'a dit que je pouvais monter sur la balance si je voulais, pendant qu'elle chercherait sur Internet le poids exact d'une baleine.

Elle a tapoté sur son clavier, elle a souri, puis elle est venue vers moi et s'est penchée sur la balance.

— 46 kg pour… Appuie-toi contre la toise… pour un mètre cinquante. C'est parfait !

— Ah bon ?

– Absolument. Tu n'es ni maigre comme un clou, ni grosse comme une baleine ; tu as de petites formes, signe de bonne santé. Ceux qui te comparent à une baleine sont des crétins.

– Je suis normale alors ?

– Si tu veux, on peut dire ça comme ça. Tu es « normale ». En tout cas, tu n'as objectivement rien à reprocher à ton corps.

Franchement, ça m'a fait plaisir d'entendre ça.

– Tu as envie de me raconter plus en détail ce qui se passe au collège ?

– Non non, ça va… De toute façon, je fais du judo maintenant.

Là, deux petits points d'interrogation sont apparus au centre des prunelles de Madame Cotillon. J'allais lui dire de laisser tomber quand la sonnette a retenti. Sauvée par le patient suivant !

Madame Cotillon s'est levée pour aller chercher Maman, mais ma chère génitrice était vraisemblablement en train d'écouter à la porte, car elle a failli s'étaler de tout son long quand Madame Cotillon a ouvert.

Elles ont échangé quelques mots, mais pas beaucoup puisque j'étais là. Maman a fait un chèque et récupéré sa carte Vitale. Merci Madame, au revoir Madame.

– Revenez me voir si ça ne va pas, mais je pense que tout devrait rentrer rapidement dans l'ordre ! a lancé Madame Cotillon.

Et elle a ajouté à mon attention :

– Au fait, Marlène : une baleine, ça pèse trois tonnes à la naissance…

Puis elle m'a envoyé un petit clin d'œil.

Elle est vraiment sympa, en fait, Madame Cotillon.

• 12 •

Loin des yeux, près du coeur

Comme je l'ai déjà dit, j'ai toujours considéré Teddy comme le pire frère de la Terre. Et même si, après cette atroce semaine de rentrée, il faisait figure d'enfant de chœur comparé à Kevin et Ryan, je continuais, *a priori*, à le ranger dans la catégorie des casse-pieds.

Mais après la visite chez Madame Cotillon, je me suis aperçue qu'à l'idée de son retour à la maison pour le week-end, j'étais super heureuse de le retrouver.

J'ai cherché dans ma mémoire si je n'avais pas ingurgité un champignon hallucinogène au self, qui aurait pu altérer mes émotions… Même pas. J'étais vraiment contente à l'idée de revoir Teddy !

Quand on est rentrées, Papa et lui n'étaient pas encore arrivés. Je ne tenais pas en place.

– Qu'est-ce qu'ils fabriquent ?

J'ai dû poser la question vingt fois à Maman, qui a fini par carrément éclater de rire.

– L'absence, ça a du bon, dis donc !

Ce qui n'est pas faux.

✻✻✻

Le dîner a été une vraie fête, et cette soirée s'est révélée si agréable que j'en ai un peu oublié mes tracas au collège, ainsi que ma grosse déception quant à l'amitié en général, et Inès en particulier.

Maman avait mis les petits plats dans les grands. Teddy, lui, s'était transformé en moulin à paroles. Papa lui a posé une kyrielle de questions, mais il n'a

pas oublié au passage de me féliciter publiquement pour mes « aptitudes en judo ».

– Quoi, tu t'es mise au judo ?!

Mon frère n'en revenait pas.

Le seul problème, avec les bons moments, c'est qu'ils passent à la vitesse de l'éclair. Le dîner avait filé, il était déjà l'heure d'aller se coucher.

Non seulement je n'avais pas sommeil, mais surtout l'idée de me séparer de Teddy, d'un coup, m'était insupportable. Difficile de vous expliquer ça, à moins que vous n'ayez déjà éprouvé ce sentiment : j'avais l'impression d'avoir un frère tout neuf ! Je lui trouvais soudain une foule de qualités et presque aucun défaut.

Il a même débarrassé la table, alors que ce soir-là, je l'aurais volontiers fait à sa place, sans rechigner. De chien et chat, nous étions devenus siamois.

Devant ce petit miracle, Maman a accepté qu'on déplace mon matelas pour que je dorme exceptionnellement dans la chambre de Teddy : le rêve !

• 13 •

Bagarre au Proxi

Le lendemain matin, au petit déjeuner, réunion au sommet : on fait quoi comme gâteau pour cet après-midi ? (Tout le monde conviendra qu'un week-end sans faire de gâteau, ce n'est pas vraiment un week-end.)

D'un commun accord, nous avons décidé de nous lancer dans la recette recette préférée de Teddy : le gâteau chocolat banane chantilly beurre de cacahuètes.

Parce que même si on n'allait pas confectionner un gâteau juste pour lui, tout le monde avait à l'esprit que le lendemain soir, Teddy serait reparti.

En plus, c'était parfait, comme recette : réjouissant, facile à préparer et suffisamment mou pour que je puisse en manger malgré une dent de lait qui branlait depuis quelques jours.

Seul souci : il nous manquait plein d'ingrédients. Heureusement, le Proxi était ouvert non-stop tout le week-end.

– On y va, si tu veux ? a proposé Teddy à Maman. Marlène se mettra sur les cale-pieds de mon vélo !

(J'étais au paradis !)

Aussitôt dit, aussitôt partis.

Debout sur les cale-pieds arrière du BMX, les bras serrés autour du cou de mon frère, j'ai jeté un œil par-dessus la barrière de chez Inès et je l'ai aperçue, avec sa pimbêche de cousine. Elles étaient toutes les deux assises face à face dans la pente du garage, à se tresser les cheveux, en grande discussion. J'ai tout de suite détourné le regard pour montrer à Inès que je pouvais très bien me passer d'elle.

Derrière nous, les douze mille recommandations de Maman s'effilochaient dans l'air :

– **Restez bien sur la piste cyclable ! Attention au carrefour ! Mettez bien vos caaasques !**

Ma mère, je l'adore, mais ce serait bien si, parfois, elle nous lâchait un peu la grappe.

Il y avait un monde fou au Proxi, comme tous les samedis après-midi. Plantée avec Teddy devant le rayon farine, j'ai soudain entendu une voix, puis une deuxième… atrocement familières.

Oh NON…

Si : Kevin et Ryan.

Mais qu'est-ce qu'ils fabriquaient ici ?

Est-ce qu'ils habitaient dans le coin ?

M'avaient-ils suivie ?

– Hééé, mais c'est Marlène la baleine !

– On va faire un gâteau, le cachalot ?

– C'est pas bon pour ce que t'as, gros tas !

Tandis que les deux primates me décochaient leurs flèches, je me suis sentie gagnée par une colère **VOLCANIQUE**. Au fond de mes entrailles remuait une sorte de magma en fusion. Dans un dessin animé, ma figure aurait viré couleur brique, et un jet de fumée se serait échappé de mes oreilles… Tout à coup, j'ai vu rouge, noir, violet, fluo.

Et puis je n'ai plus rien vu du tout. Les larmes ont jailli de mes yeux et, sans réfléchir, j'ai foncé vers les deux abrutis, les poings en avant.

Mon frère s'est interposé en se jetant sur eux. De l'extérieur, la scène devait ressembler à une bagarre de BD : un gros nuage avec des pieds et des poings émergeant de temps en temps, parfois une tête, et plein de gros mots qui fusaient.

Teddy s'époumonait :

– Tu parles pas comme ça à ma sœur ! Je vais t'aplatir la cervelle !

Mais deux contre un, c'est total déloyal… J'essayais d'aider Teddy en m'accrochant dans le dos des molosses et en leur mordant les oreilles (une fois ou deux, j'ai réussi à attraper un lobe, mais pas assez fort pour le mâcher durablement). Les téléphones portables ont volé des poches et sont allés se désintégrer au sol. Des dizaines de paquets de farine se sont écrabouillés par terre.

Au bout d'une éternité, le vigile est arrivé pour nous séparer, mais le mal était déjà fait : Kevin et Ryan avaient un œil au beurre noir chacun, et moi la bouche pleine de sang (je me gardais bien de l'essuyer, ça faisait son petit effet spectaculaire et j'étais la seule à savoir que c'était juste ma dent de lait qui était tombée).

Du côté de Teddy… les choses semblaient plus graves. Il gémissait et n'arrivait même plus à se relever. Et à voir l'expression de son visage, ce n'était pas du chiqué.

❀ ❀ ❀

— Double entorse des ligaments croisés ! a lancé Madame Cotillon. Repos total pendant six mois, Teddy, a-t-elle ajouté. Béquilles obligatoires. Et bien entendu, fini le judo pour cette année, a-t-elle conclu d'une voix douce.

Teddy avait l'air triste, mais ce n'était rien à côté de Papa : décomposé. On aurait dit que c'était lui qui se trouvait privé de judo pour une année entière.

C'est incroyable, la vie, comme ça bascule d'un seul coup. Dire qu'on était simplement partis pour acheter de quoi faire un gâteau… Et voilà que la carrière de judoka de Teddy s'arrêtait net, au milieu des rayons d'une supérette. Narbonne, terminé. Teddy n'allait pas y repartir dimanche soir. Lundi, il intégrerait le lycée de secteur **Déodat de Séverac** à Céret.

Tout ça pour ça.

À table, l'ambiance était plombée. Maman, en pétard, nous servait la soupe en maniant sa louche comme une massue.

— Non mais d'où ils sortent, ces deux-là ? Kevin et quoi, déjà ? Teddy, ton assiette ! *(CLANG !)* Alors comme ça, on ne peut même plus envoyer sa fille acheter un paquet de farine à Proxi ?! Marlène, ton assiette ! *(CLANG !)* **Non mais dans quel monde on vit ?!** Odilon ! Odilon ! **ODILON !** Allô ? **TON ASSIETTE !**

— Merci Nathou, je ne vais pas prendre de soupe.

Papa, l'esprit ailleurs et l'estomac retourné, essayait de se convaincre que la carrière de Teddy n'était pas fichue.

— Les plus grands sportifs ont dû surmonter des épreuves comme ça…

Mais sa voix disait que c'était cuit.

Maman, sous ses airs furax, avait du mal à cacher sa joie. Bilan des courses, son Roudoudou ne serait allé qu'une seule et unique semaine à l'internat !

Depuis la cuisine, sa voix toute guillerette la trahissait :

— Je suis tellement désolée pour toi, mon lapin ! elle a dit à Teddy avant de revenir en proposant d'un ton festif : Qui voudra de la quiche ?

– À propos de quiche, a soupiré Papa en tendant mollement son assiette, j'ai croisé la mère d'Inès en rentrant.

– Elle va bien ? a demandé Maman en tournant la salade.

– Tu parles, elle est furieuse.

– Contre qui ?

– La cousine, tu sais… Mirabelle.

– Pourquoi ? j'ai demandé, la curiosité piquée au vif.

– Hé bien, Mirabelle et Inès se sont toutes les deux fait exclure de **Jean Amade**, a expliqué Papa.

Maman a ouvert des yeux presque aussi grands que les miens.

– **Exclure ?!** j'ai lâché.

– Exclure.

– **Genre, renvoyées ?**

– Renvoyées, oui, et arrête de dire « genre » tous les deux mots.

– Pas possible ! j'ai soufflé avec un grand sourire.

– Ben si. Cela dit, côté trajet, ça nous arrange, hein Nathou ? a repris Papa avant de sourire à son tour.

– Pourquoi ? j'ai demandé.

– Hé bien, parce qu'Inès va aller à **Pierre Moreto**, comme toi.

– **QUOI ?!** ai-je crié tandis que ma fourchette faisait un salto.

– Mais oui… Ça ne te fait pas plaisir, Marlène ? m'a demandé Maman, intriguée.

– Euh… si si, j'ai répondu en essuyant ma fourchette sur mon pull, et en me souvenant que je n'avais rien raconté à personne de la tyrolienne et du reste.

– On fera des roulements avec Craquotte. Moi le matin, elle le soir – enfin, sauf le mardi, puisque tu as judo : là, ce sera Papa.

– Et puis comme ça, Maman sera pleinement rassurée, hein Nathou ? a ajouté Papa. Marlène, tu n'auras plus à prendre le bus toute seule. Et pendant ce temps, moi je conduirai Teddy à **Déodat de Séverac** et je le ramènerai le soir, hein, champion ?

Teddy a acquiescé avec un regard douloureux, mais comme ce n'était pas le moment de blaguer, je me la suis fermée.

De toute façon, j'étais trop abasourdie par cette histoire d'exclusion pour faire de l'humour. Inès allait donc se retrouver dans le même collège que moi... À vrai dire, je ne savais pas du tout si j'étais contente ou pas !!

– Et Mirabelle ? j'ai demandé.

– Je crois que ses parents vont la mettre dans le privé. Aucun établissement public ne veut d'elle. Ce n'est pas la première fois qu'elle a de gros soucis de discipline, a ajouté Papa.

Après la crème Mont-Blanc goût pistache (faut-il préciser qu'on n'a pas fait le gâteau, du coup ?), j'ai aidé Papa à descendre le matelas de Teddy dans la chambre d'amis, au rez-de-chaussée, parce que ce n'était pas demain la veille que mon frère allait pouvoir remonter un escalier.

• 14 •

Marlène et Teddy font la une

J'avais déjà imaginé faire la une du journal, mais pas dans de telles circonstances ! Dès dimanche matin, on pouvait lire en première page de l'Indépendant :

ÉCHAUFFOURÉE AU *PROXI*

Et, deux pages plus loin, l'article :

« On n'insulte pas ma sœur ! » a expliqué Teddy, jeune habitant d'Oms qui n'a pas hésité à se faire rouer de coups pour défendre sa cadette, Marlène, victime de l'agression verbale de deux collégiens qui l'avaient traitée de « cachalot ».

Malheureusement pour le jeune judoka – qui venait de rentrer en Seconde sport-études à Narbonne –, l'héroïsme se paie parfois cher : sa double entorse des ligaments croisés ne lui permettra pas de remettre les pieds sur un tatami avant plusieurs mois.

Quant aux deux agresseurs, ils ont reconnu avoir provoqué et molesté la jeune Marlène et ont présenté leurs excuses, ce que le père des victimes, judoka lui aussi, juge « un peu léger ». La mère, sous le choc, institutrice et directrice de l'école d'Oms, a refusé de s'exprimer ».

En dessous, une énorme photo de Teddy et moi en pleine page. **LA CLASSE !**

Ce qui m'embêtait, c'est qu'on avait tous les deux perdu nos portables dans la bagarre. Or, sur ce sujet, les parents étaient intraitables : on pouvait faire une croix dessus.

Papa, surtout, n'en démordait pas, vu qu'il déteste tout ce qui est moderne, préférant vivre comme un homme des cavernes, si bien qu'il n'a pas d'adresse e-mail, ni de compte Facebook, et pour tout portable une antiquité à touches qu'il oublie les trois quarts du temps à la maison. On se demande comment il survit.

– De toute façon, Teddy va être scolarisé à Céret, donc plus besoin ! Et toi Marlène, tu feras les trajets avec Inès, donc pareil : plus besoin.

Pfff. Comme si les kidnappeurs d'enfants ne sévissaient que dans un rayon de plus de dix kilomètres ! Comme s'ils ne s'attaquaient qu'aux enfants isolés ! Alors que tout le monde sait que c'est faux. Même au Proxi du coin, tout peut arriver. La preuve !

• 15 •

Deuxième semaine

Le lundi matin, Papa a emmené Teddy au lycée, tandis qu'Inès et moi sommes parties avec Maman.

On roulait vers Llauro dans un silence de plomb. Enfin, c'est surtout Inès qui se taisait. Elle avait l'air toute renfrognée sur la banquette. À croire qu'elle n'appréciait pas son changement de vie.

Moi, je papotais avec Maman à propos de ce que j'allais m'offrir avec la fortune que la petite souris m'avait apportée la veille : cinq euros, plus un euro à cause du week-end éprouvant que j'avais passé. Comme quoi, dans la vie, il y a souvent un mal pour un bien !

Vitre baissée, je jouais avec le vent entre mes doigts, tout à fait consciente – je ne vais pas mentir – du fait que la jolie petite frange d'Inès n'allait pas tellement aimer ce sèche-cheveux naturel.

– T'as pas trop d'air ? je lui ai demandé.

– Nan, a-t-elle grincé.

– Marlène, remonte ta vitre, enfin ! m'a ordonné Maman.

J'ai obéi, mais pas complètement.

En nous déposant à l'arrêt de bus de Llauro, Maman s'est tournée vers Inès.

– Ça va aller, ma poulette… Ne t'inquiète pas. Vois le bon côté des choses : vous êtes réunies, toi et Marlène !

Et au moment où j'allais descendre de la voiture, elle m'a retenue par le bras pour me murmurer d'être sympa avec ma copine, même si elle sentait bien qu'il y avait de l'eau dans le gaz entre nous…

Ce coup-ci, j'ai été à deux doigts de tout dire à Maman, pour la tyrolienne – mais j'ai tenu ma langue. C'était trop la honte.

Maman nous a regardées monter dans le bus, et elle a démarré sans attendre le départ, parce que maintenant elle était rassurée de nous savoir à deux (et puis, depuis que Teddy n'était plus interne à Narbonne, ses angoisses étaient redescendues d'un cran).

❉ ❉ ❉

Je me suis assise tout au fond du bus, en prenant soin de poser à côté de moi mon gros sac pour empêcher Inès de me coller.

Elle s'est assise un rang devant, et elle a fait pareil avec son sac à dos, pour m'empêcher de la coller.

On ne s'est pas adressé la parole du trajet.

Guillerette, je suis descendue du bus en saluant le chauffeur et j'ai marché d'un bon pas vers les grilles du collège, sans calculer Inès. Lorsque tout à coup…

… j'ai ralenti. Parce que, soudainement, je me suis souvenue de tout ce qui m'attendait dans la cour et dans la classe : les Kevin, les Ryan, la solitude du self, les moqueries, les croche-pattes, les plateaux renversés. Si seulement la bagarre de samedi avait pu se passer au collège – Laulau aurait exclu Kevin et Ryan et j'aurais eu la paix !

Forcément, ça allait recommencer.

J'ai scruté la cour à la recherche des deux abrutis. Ils devaient être là, quelque part, tapis… Ils allaient sans doute se remettre à me faire une vie d'enfer dès la première heure.

J'ai laissé Inès arriver à ma hauteur. Elle avait beau être devenue ma pire ennemie, j'aimais autant pénétrer dans la cour avec elle plutôt que toute seule. De son côté, Inès avait les yeux brillants et ses lèvres tremblotaient ; elle se tenait cramponnée aux bretelles de son sac à dos comme moi le premier jour. Là, j'ai quand même eu pitié d'elle.

C'est alors que Laulau a surgi.

– Marlène ! Je te cherchais ! Ça va ? Pas trop secouée, ma cocotte ? J'ai lu le journal. Ah là là, la violence, quelle plaie ! Ma pauvre choute… Et ta dent, ça va ? Tu n'as pas trop mal ?

– Si, j'ai menti.

– En tout cas, rassure-toi, ici tout le monde te soutient. Kevin et Ryan sont séparés pour toute la semaine, et je leur ai mis les points sur les « i ». Ils devraient te laisser tranquille maintenant – et si ce n'est pas le cas, tu viens me voir dare-dare dans mon bureau !

– Merci Laul… Merci Madame, j'ai répondu.

– Et toi, tu es qui ? a demandé Laulau à Inès.

– C'est Inès, j'ai dit. Elle…

– Ah, oui, la fameuse Inès du collège **JEAN AMADE**, a répliqué Laulau sur un tout autre ton, soudain cassant, avant d'ajouter : Ici, pas de vague, je te préviens !

Inès n'a rien répondu. Elle a seulement hoché la tête en regardant le bout de ses chaussures.

— Marlène, tu montreras le collège à Inès, je n'ai pas le temps ce matin, il y a un exercice incendie et puis je dois gérer l'arrivée d'un nouveau. Inès et toi, vous êtes dans la même classe – apparemment, vous vous entendez bien ?

On s'enten*DAIT* bien, j'ai pensé, mais je me la suis fermée. De toute façon, Laulau avait déjà disparu.

Inès avait un air tellement dépité que j'ai eu pitié d'elle pendant au moins une seconde et demie.

— Ça, c'est le préau, je lui ai dit, ce qui était débile vu qu'elle aurait pu s'en apercevoir toute seule, mais j'essayais d'être sympa.

— Et ça… c'est la cour ? elle a répondu avec un petit sourire narquois qui m'a laissée penser qu'elle n'était pas si au fond du gouffre que ça, la fourbe.

Là-dessus, la sonnerie a sonné, et j'ai emmené Inès vers l'endroit où tout le monde doit se rassembler paquet par paquet, puis on est montées dans les couloirs – j'ai réussi à trouver la salle sans trop me perdre, mais un peu quand même, si bien qu'on est arrivées juste au moment où le prof refermait la porte.

Tous les élèves étaient déjà assis. Il restait trois places : deux côte à côte, et une à côté de Ryan.

– Inès, installe-toi toute seule ici, et Marlène à côté de Ryan, a dit le prof.

À.

Côté.

De.

Ryan ?!

J'ai cru avoir mal entendu. Mais non, pas du tout. Le prof était partisan « d'enterrer au plus tôt la hache de guerre ». Il a résumé les faits du week-end pour les rares élèves qui n'avaient pas vu la une du journal local, il a vaguement évoqué mon traumatisme, et il a insisté sur le fait que Ryan s'était publiquement excusé. Bref, on n'allait pas faire de cette histoire un fromage. Quel culot !

Le prof a ensuite expliqué que Kevin reviendrait dans notre classe la semaine prochaine – le temps que « chacun » réfléchisse à son comportement.

Des questions ? Pas de questions ? Alors parfait, place au cours.

❊❊❊

J'ai bondi au plafond en entendant l'alarme incendie. Ryan aussi. Ça avait beau être un exercice, c'est fou comme c'est stressant, ce genre de sirènes.

— **VOUS VOUS LEVEZ DANS LE CALME ET LE SILENCE !** a hurlé le prof. **ET VOUS NE PRENEZ PAS VOS AFFAIRES !**

Ryan a fait un petit crochet par le bureau du prof pour lorgner son cahier personnel, grand ouvert. En douce, j'ai glissé ma trousse *Hello Kitty* sous mon pull parce que quand même, en cas de vrai feu, *va savoir Édouard*.

La classe s'est dirigée comme un troupeau à travers les couloirs. C'était le bazar comme le jour de la rentrée, avec tous les élèves du collège mélangés. Sur le visage des uns et des autres, je voyais que personne n'était tout à fait sûr que ce soit du lard ou du cochon. D'ailleurs, certains avaient emporté leur sac malgré l'interdiction, au prétexte qu'ils avaient leur Ventoline dedans ou je ne sais quoi. Inès, elle, n'avait pris aucune de ses affaires, sans doute pétrifiée à l'idée de commettre un impair.

J'étais à peine arrivée dans la cour que plusieurs élèves se sont avancés vers moi. Plus ils approchaient, plus je reculais – c'étaient des gens de ma classe. Qu'est-ce qu'ils me voulaient, bon sang ? Ils n'allaient pas s'y mettre aussi ?!

– On voulait te dire…, a commencé une fille.

– On a lu le journal ce week-end…, a poursuivi une autre.

– C'est complètement dingue, ce qui t'est arrivé ! a enchaîné un garçon.

– Et ton frère, ça va ? a demandé une troisième fille.

Je n'en croyais pas mes oreilles. Des témoignages de soutien !

Incroyable.

– Si Ryan te refait la misère, t'hésites pas, tu me dis ! a ajouté le garçon.

Immense sourire de soulagement et de joie.

– On s'en est bien sortis, j'ai crâné. Une dent pour moi, les ligaments croisés pour mon frère… Heureusement qu'on fait tous les deux du judo. C'est dommage pour sa carrière de sportif qui était bien engagée, mais bon, on fait face dans l'adversité…

– Euh… Vous faites… quoi ? a demandé la fille qui avait pris des nouvelles de mon frère.

– Rien, rien, laisse tomber, c'est une expression de ma mère, j'ai dit.

À ce moment-là, les profs ont sonné le ralliement :

– **ON REMONTE EN SILENCE, S'IL VOUS PLAÎT !**

❊❊❊

Le prof a attendu que le brouhaha des chaises, des pieds, des discussions et des zip des blousons se calme pour présenter Inès à tout le monde :

– Inès nous arrive d'Oms, a-t-il dit. Je vous fais confiance pour l'accueillir comme il se doit, et pour vous montrer aidants, gentils, et ainsi faciliter son adaptation (blablabla).

Inès était écarlate.

– Ah, une dernière chose avant de passer à la géométrie : d'ici une demi-heure environ arrivera un autre nouvel élève. Là encore, je vous demande de l'accueillir avec chaleur !

– Il s'est fait virer de son collège, lui aussi ? a pouffé Ryan avant de se faire transpercer par le regard du prof.

– Il s'appelle comment ? j'ai demandé.

Le prof a ouvert son cahier.

– Amir.

J'ai trouvé ça bizarre, comme prénom, mais joli. Amir… Ça rimait avec « rire », « fleurir », « étourdir », « soupir », « plaisir »…

Hé ho non mais, amis de la poésie bonjour ! Qu'est-ce qui me prenait, là ?!

• 16 •

La foudre s'appelle Amir

Le prof de maths avait à peine amorcé sa définition d'une médiatrice que, *toc-toc-toc*, Laulau a surgi dans l'encadrement de la porte, la main posée sur l'épaule de… d'un… du…

DU PLUS BEAU GARÇON QUE J'AIE JAMAIS VU DE MA VIE.

Voilà, c'est dit. Pas la peine d'y aller par quatre chemins. Oh, bien sûr, je pourrais essayer de vous décrire Amir en vous parlant de la forme de ses yeux, de la souplesse de ses cheveux, de l'éclat de ses dents, de la pulpe de ses lèvres, de la finesse de son nez, de la délicatesse de ses mains, du doré de sa peau, de l'élégance de sa silhouette, de son petit duvet de moustache naissante… mais ma description ne serait qu'un pâle reflet de la réalité, un vieux soufflé retombé. Vous n'avez qu'à vous faire votre propre idée de sa renversante beauté. Une précision, toutefois : Amir, de toute évidence, est un peu plus âgé que moi. À vue de nez, je dirais : au moins treize ans. Peut-être même quatorze.

Laulau s'est avancée sans retirer sa main de la nuque d'Amir, et moi, à cet instant, j'aurais tout donné pour être la main de Laulau, ou son poignet, ou son ongle, ou même une de ses rognures d'ongle – bref, vous avez saisi la situation. Vous êtes déjà tombé(e) amoureux ou amoureuse, non ?

Remarquez, moi, c'est la première fois que je ressens cet **extraordinaire** sentiment qui donne la chair de poule, l'impression que la racine des cheveux se désolidarise du cuir chevelu, que le cœur essaie de sortir de la poitrine pour aller gambader dans les champs, que le ventre abrite soudain une nuée de papillons exotiques, et que je SAIS que si jamais je mange ne serait-ce qu'un petit pois, mon estomac va exploser.

Lorsque je suis revenue à la réalité, Laulau était en train de claquer des doigts devant mes yeux, et la classe bruissait de murmures, comme un grand essaim d'abeilles. Au milieu de tout ça, Laulau me parlait comme dans un songe :

– *Marlène, je répète ma question : tu voudras bien montrer l'établissement à Amir ?*

Tout à mon coup de foudre, j'avais visiblement loupé un épisode. Et mon état de fébrilité m'empêchait toujours d'entendre distinctement les paroles de Laulau.

– *Amir vient de… rie, un pays dans le… rient… où il y a la… er…*

J'avais vaguement compris qu'Amir venait d'un pays qui se terminait en « i », et où il y avait la mer.

Laulau a répété sa question une troisième fois :

– Ouhou, Marlène ! Je disais : tu voudras bien montrer l'établissement à Amir, vu que tu as toi-même bénéficié d'une visite individuelle ?

J'ai acquiescé, les joues tellement en feu qu'à moi toute seule, j'aurais pu redéclencher l'alarme incendie.

Heureusement, à ce moment-là, une question a fait diversion :

— Est-ce qu'il parle français, Amir ?

— Absolument ! a répondu Laulau en se tournant vers lui. Amir est arrivé en France il y a un an et il a appris à parler notre langue dans ce qu'on appelle une *classe d'accueil*. N'est-ce pas, Amir ?

Amir a acquiescé, tout timide, ce qui m'a encore plus fait craquer.

Et le prof de maths d'ajouter :

— Amir se débrouille très bien en français, mais je compte sur vous pour l'aider s'il rencontre de petites difficultés en classe ou dans la vie quotidienne au collège.

Là-dessus, Laulau a délicatement poussé Amir en direction… d'INÈS.

J'ai cru que j'allais m'évanouir quand il m'a adressé un petit sourire en guise de bonjour — et j'ai cru que j'allais tout casser quand Inès lui a fait de la place en recoiffant le paillasson de sa frange avec des petits gémissements de pintade.

À ce moment-là, je me suis souvenue qu'heureusement, j'étais en sixième et plus à l'école primaire, si bien que les places n'étaient pas attitrées ; et que donc, dès l'heure suivante, j'allais pouvoir me mettre à côté d'Amir. Enfin, si j'arrivais à griller Inès.

– Travaillez bien ! a conclu Laulau en quittant la salle.

T'as raison, Gaston. Comme s'il était possible de se concentrer avec le plus beau garçon de la Terre dans la même pièce.

• 17 •

La journée avec Amir

À la sortie du cours de maths, je n'étais pas plus avancée qu'au début en termes de médiatrices. J'avais vraiment essayé de me concentrer, mais ma tête fuyait comme une passoire, mon esprit s'envolant vers des contrées peuplées de petits oiseaux, de fleurs, d'arcs-en-ciel et de nuages rose bonbon.

À la sonnerie, j'ai commencé à rassembler mes affaires à toute vitesse – mais je me suis apaisée en entendant le prof élever la voix au-dessus du brouhaha :

– Inès ! Tu viens me voir, s'il te plaît. J'aimerais te parler un instant.

Tout en adressant un grand sourire à Inès, je me suis dirigée nonchalamment vers Amir, chaloupant des hanches, et hop, et – hum, bon OK, une fois en face de lui, j'ai piqué un énorme fard, mais tant pis :

– Tu-peux-me-suivre-si-tu-veux-vu-que-tu-ne-connais-pas-le-collège-et-que-Laulau-m'a-demandé-de-te-guider, j'ai dit à toute berzingue.

Amir a hoché la tête :

– Merci.

Sa voix était beaucoup plus grave que celle des autres garçons du collège, et même plus grave que celle de Teddy.

– On a Histoire, maintenant, j'ai ajouté en regardant le bout de mes baskets, terrorisée à l'idée que chacune de mes intonations ne trahisse mon émotion.

– Je vous suis ! a dit Amir, ce qui m'a détendue d'un seul coup – j'ai même éclaté de rire.

– Hé, tu peux me tutoyer, hein ! Je suis pas la Reine Elizabeth, non plus !

Amir m'a regardée, tout perdu.

– Toi, tu t'appelles Elizabeth ?

Bon : à ce moment-là, j'ai compris que Laulau s'était un peu emballée. OK, Amir parlait plutôt bien, mais il ne comprenait pas tout. Et surtout, il ne comprenait pas toutes les blagues. Bref, il allait falloir que je calme un peu le jeu.

– Non mais laisse tomber, c'était juste une blague. Moi, c'est pas Elizabeth, c'est Marlène ! Et il faut que tu me dises « tu », pas « vous ».

Là, Amir a souri :

– Ah oui, *je tu il nous vous ils* ! Toujours, je trompe !

Je n'ai pas rectifié « je *me* trompe » parce que j'avais très bien compris. En plus, son accent était tellement joli… Quand il ouvrait la bouche, j'avais l'impression d'entendre une chanson.

– C'est quoi ta langue natale, en fait ? je lui ai demandé.

– Arabe.

– Wahou ! Ça doit être super dur, c'est des lettres différentes et tout, non ?

Amir a secoué puis hoché la tête.

– Oui, non, enfin, c'est ma langue, alors c'est facile.

Euh… oui, évidemment. Suis-je bête. Tout le monde trouve sa langue maternelle facile, vu qu'on l'apprend sans même s'en rendre compte. Même le japonais, c'est un jeu d'enfant… quand on est japonais !

Massés devant la porte, les élèves étaient occupés à se charrier, à se bousculer. Lorsque la prof d'Histoire est entrée, le chahut a cessé.

Petit sourire à notre passage :

– Ça va mieux, Marlène ? (À croire que tout JEAN AMADE avait lu *L'Indépendant* dimanche dernier !) Et toi, c'est Amir, n'est-ce pas ?

On a acquiescé tous les deux en même temps – moi, rouge comme une pivoine, Amir ne sachant pas trop où se mettre ; mais heureusement, le cours a vite commencé.

Inès est arrivée *in extremis*, et la prof lui a dit de s'asseoir là, à la table juste sous son nez, et de sortir ses affaires, et en silence, pète-sec comme Laulau.

Eh ben ! Si elle devait passer toute une année comme ça, quand même, je la plaignais.

Enfin bon, chacun sa vie.

Assise à côté d'Amir, j'ai passé le cours… à rêver. À rêver. À rêver. *Amir & Marlène. Marlène & Amir. Le fabuleux destin de Marlène et Amir. L'incroyable histoire d'amour de Marlène & Amir.* J'étais l'héroïne d'un film magnifique dans lequel Amir venait m'enlever sur son cheval blanc, et à la fin, *tagada, tagada*, on s'embrassait sur l'horizon au coucher du soleil et…

– **MARLÈNE ! MARLÈNE ! MARLÈNE !**

– …

– Marlène, tu es avec nous ? J'ai demandé de sortir les cahiers de textes et les agendas. Pour la semaine prochaine, vous lirez le document 2 page 5, et vous répondrez aux questions a et b. C'est noté ?

– Oui oui, M'dame.

Alors qu'en fait, pas du tout.

– Tu vérifies qu'Amir a bien noté les devoirs ?

Rien ne pouvait me faire plus plaisir. Penchée sur le cahier de textes d'Amir (ou, devrais-je dire, à moitié allongée dessus), je respirais son odeur de lessive et de je ne sais pas quoi mélangé avec, et ça m'a fait tourner la tête.

À moins que ce ne soit la faim ? Car un énorme borborygme s'est élevé à cet instant des profondeurs de mon estomac… heureusement couvert par la sonnerie !

Aussi sec, tout le monde s'est levé pour se précipiter au self

Et nous aussi.

Et, hélas, Inès aussi.

Elle marchait rapidement pour nous talonner, et j'avais beau accélérer le pas, impossible de la semer. C'est là que j'ai remarqué qu'elle avait les yeux tout rouges, comme un lapin malade… ou comme une fille qui vient *encore* de se faire remettre les pendules à l'heure et qui sait qu'au moindre écart de conduite, elle va se refaire expulser.

– HÉ HO TU FAIS QUOI LÀ, SAMANTHA ? j'ai crié en voyant qu'elle venait, tranquillou bilou, de s'insérer entre Amir et moi dans la queue du self.

J'ai joué des coudes pour reprendre ma place et j'ai lancé à Inès le regard le plus assassin que j'avais en stock. Elle n'a pas moufté, bredouillant seulement :

– Désolée, je t'avais pas vue.

Amir n'a pas remarqué notre petite altercation. Il avait l'air complètement paumé. Je le sentais stressé, concentré sur le moindre de mes gestes, qu'il imitait au millimètre près.

Cela dit, je me suis souvenue que moi-même, pas plus tard que la semaine passée, je ne faisais pas la fière… Parce que c'est assez compliqué, en fait, un self. Si tu oublies la moindre étape, la petite cuillère ou le pain ou la serviette, il faut revenir en arrière, ce qui signifie nager à contre-courant de tout un banc de collégiens affamés ! Ensuite, il y a cette histoire de laitages et de desserts – et franchement je ne vois pas *du tout* le rapport entre une *Vache qui rit* et un yaourt, mais bref, l'idée est que si tu prends les deux, on t'oblige à aller en reposer un, et alors rebelote, il faut nager à contre-courant des élèves aux estomacs rugissants.

Amir acquiesçait à chacune de mes explications, mais je n'étais pas certaine qu'il comprenne tout. Il avait un peu la même tête que moi quand Maman essaie de m'enfourner l'accord du participe passé.

– On se met là ? j'ai dit en désignant une table près de la fenêtre.

Et tout en m'asseyant, j'ai savouré le simple fait de ne plus avoir à redouter les croche-pattes et autres Kevineries, les insultes ou autres Ryaneries.

D'ailleurs, ces deux crapauds étaient là, et bien là !

Trois plateaux devant – mais les surveillants les tenaient à l'œil.

Près de la fenêtre, ça faisait un peu comme si on n'avait été rien que tous les deux, Amir et moi, en amoureux au restaurant… Enfin, si on faisait abstraction du reste de la table, occupée par une dizaine d'élèves se canardant avec des boulettes de mie de pain, et de l'odeur écœurante de choux de Bruxelles, et du volume sonore qui nous obligeait à hurler pour nous entendre… et surtout de la présence d'Inès, à ma droite, visiblement bien décidée à tenir la chandelle.

– T'as combien de frères et sœurs ? j'ai demandé à Amir en attaquant mon pamplemousse.

Au même instant, ma cuillère a dérapé et mon quartier d'agrume a volé pour atterrir dans son plateau. Je me suis maudite de ne pas avoir pris les carottes râpées ou les œufs mimosa.

– Un frère, il a dit en me rendant mon bout de pamplemousse.

– Merci, j'ai chuchoté avant de faire disparaître le quartier d'agrumes dans ma bouche. Et… c'est un frère plus grand ou plus petit ? j'ai encore demandé (et j'ai délaissé mon pamplemousse, trop galère à manger, pour attaquer direct mon cordon bleu).

– Grand.

– Quel âge ? a glissé Inès et ça m'a vraiment énervée qu'elle se mêle de notre conversation.

Amir a haussé les épaules.

– Quoi ? j'ai lâché, incrédule. Tu sais pas l'âge de ton frère ?!

Et j'ai rigolé.

– Ma famille, j'aime pas parler, a dit Amir d'un ton archi-sérieux.

Ça a jeté un gros froid.

– Pourquoi ? a repris Inès (ce qui, j'avoue, m'a arrangée, car je n'aurais pas osé poser la question).

– Parce que, a répondu Amir.

Prends-toi ça dans les dents ! Même si, en vrai, il n'avait pas dit ça méchamment.

Bon, là-dessus, je ne voyais pas trop comment rebondir. Et puis mon petit doigt me disait que la gaffe n'était pas loin. Je ne savais plus quoi dire. Inès, vexée comme un pou, se taisait en sauçant son assiette.

Amir a commencé à manger. Moi, j'avais l'appétit coupé.

– Tu fais du sport ? j'ai lancé pour changer de sujet.

– Avant, oui.

– Moi je fais du judo avec mon père qui est prof de judo, et mon frère en fait aussi – enfin, il en *faisait*, plus maintenant vu qu'il n'est plus interne à Narbonne parce que…

Mais je me suis interrompue : Amir venait de se lever pour aller faire pipi. Ça m'a quand même un petit peu vexée.

– Tu avais l'air de le pa-ssio-nner ! a persiflé Inès au ras de son plateau, ce à quoi j'ai répondu que si elle ne se la fermait pas, je raconterais à TOUT LE MONDE que quand elle était petite, et même jusque RÉCEMMENT, et même PLUSIEURS FOIS par semaine… Hé bien… Oh non, je ne peux même pas vous le dire tellement c'est la honte !

Cependant, j'avais bien remarqué que, tandis que je parlais, le regard d'Amir fuyait à travers la fenêtre – et puis bon, on peut se retenir dix minutes de faire pipi, non ?!

Est-ce que j'ennuyais Amir à mourir ? D'accord, ce que je racontais n'était pas super trépidant, mais il faut bien commencer par faire connaissance quand on rencontre quelqu'un ! Je m'apprêtais à expliquer ça à Inès lorsque j'ai aperçu Amir au bout du self, en train de revenir des toilettes, et…

– Non mais attends il parle à qui, là ?

– À tes super copains ! a répondu Inès d'une voix de souris très très très énervante.

Le pire, c'est que c'était vrai. Amir, au retour de sa pause pipi, causait avec Kevin et Ryan, attablés l'un en face de l'autre.

Deux minutes plus tard, il était de retour.

– Tu les aimes bien, Kevin et Ryan ? a demandé Inès aussi sec.

J'ai tremblé dans l'attente de la réponse d'Amir.

– Je sais pas, il a dit.

Ça m'a redonné de l'appétit, même si j'aurais préféré qu'il dise simplement « non ».

– On échange les cartes de la foot.

– *Du* foot, j'ai rectifié, un peu agacée, avant de m'en vouloir aussitôt.

Une fois mon cordon bleu purée terminé, j'ai essayé de réorienter la conversation.

– Et t'es né où, au fait ?

– Je suis né à Homs, a répondu Amir d'un air grave.

– Ha ha ha, N'IMPORTE QUOI !

Amir m'a regardée, stupéfait, pendant que je me tordais de rire.

– Pourquoi… tu moques ma ville ? m'a-t-il demandé, des larmes plein les yeux.

Oh là là non, qu'est-ce que j'avais encore fait comme bourde ?!

– Mais non mais non mais non mais non ! Je me moque de rien ! Simplement… c'est forcément une blague, que tu sois né à Oms !

À voir la tête d'Amir, je me suis dit que, peut-être, il lui manquait des mots de vocabulaire pour comprendre.

– Tu sais ce que c'est « une blague » ? En fait, c'est quand…

– Oui, je sais « blague », il a dit d'un ton vraiment pas gentil. Mais Homs, c'est pas blague. Homs, c'est ma ville.

– Non mais arrête, Amir, tu me fais marcher !

Là, Amir a détourné le regard, le visage tout à coup fermé comme une pierre. Encore une fois, j'aurais mieux fait de la boucler, même si je ne comprenais pas du tout pourquoi. Et comme un malheur n'arrive jamais seul (c'est Maman qui dit tout le temps ça), Inès, qui n'avait pas remoufté jusqu'ici, s'est levée avec son plateau, en nous balançant :

– Bon bah je vous laisse à votre scène de ménage, les tourtereaux !

Amir a relevé la tête et souri à Inès, ce qui prouvait encore que son français était vraiment beaucoup plus approximatif que Laulau ne le prétendait : assurément, il n'avait pas compris la vanne. Sinon, pourquoi aurait-il continué à lui sourire ainsi, comme si, comme s'il, comme s'il l'avait trouvée…

… JOLIE ? !!!!! *Arghhhhhh.*

Pire encore, il l'a suivie longtemps du regard, avant de me demander :

– Pourquoi elle part ?

– Pour RIEN, j'ai grincé.

– Le ménage, je sais, c'est quand on lave par terre. Mais c'est quoi, « tourtereaux » ?

– C'est rien, j'ai regrincé.

Sauf que je ne voulais pas non plus qu'Amir croie que j'étais en colère contre lui. Alors j'ai ajouté :

– Les tourtereaux, c'est des oiseaux.

– C'est pas rien, des oiseaux, il a dit avec un sourire bizarre, un peu triste.

Et alors je lui ai souri aussi, timidement d'abord, puis plus franchement, et c'était comme si on s'encourageait l'un l'autre, et comme ça, de sourire en sourire, on s'est mis à franchement rigoler, sans trop savoir pourquoi, et puis ça s'est transformé en un énorme fou rire, et à chaque fois qu'on se regardait, ça repartait de plus belle, comme une cascade de joie, et qu'est-ce que ça faisait du BIEN !

Au bout de cinq minutes, Amir a posé sa main sur la mienne, entre sa grappe de raisin et son yaourt à la fraise. J'ai cru que j'allais me mettre à léviter direct ! Dans ses yeux, il n'y avait plus de tristesse. Et il ne semblait plus fâché.

Alors, ma main sous la sienne, moite et molle comme une vieille chips, je n'ai plus su où me mettre tellement je me sentais amoureuse de lui.

– Vous comptez prendre racine, tous les deux ? Ça a sonné depuis un moment, au cas où vous n'auriez pas entendu !

Ah là là, les pions… Moins délicats, tu meurs. Mais sur ce coup-là, je l'aurais presque remercié, le surveillant, de me sortir de ce moment aussi génial… qu'embarrassant.

Et en un sens, heureusement qu'il y avait les cours, les profs, les différentes choses à montrer et à expliquer à Amir – ici les casiers, là l'infirmerie – et tout ce qui remplit d'ordinaire une journée au collège pour me donner une contenance…

… parce que le regarder dans le blanc des yeux, ça mettait quand même le chaos dans ma poitrine.

Bonus 2

Petit précis de médecine amoureuse

Le sentiment amoureux est une espèce de maladie auto-immune qui, dans les premiers temps, présente des symptômes assez proches de ceux de l'intoxication alimentaire. Elle n'est pas contagieuse mais peut frapper tout le monde, des plus jeunes enfants aux vieillards les plus tremblotants.

Maux de ventre, insomnies, perte d'appétit et de poids constituent les premières alertes. Si en plus le patient développe une forme de distraction pathologique (oubli chronique de sa trousse, de ses affaires de piscine, de ses clés sur la porte, de son sac dans le bus, de la date du contrôle de maths, etc.), alors le diagnostic ne fait aucun doute : vous êtes en présence d'une personne amoureuse, voire très amoureuse. Dans ce cas, rien ne sert de vous précipiter chez le médecin car personne n'a encore trouvé l'antidote pour guérir cet état, pas plus que le vaccin pour le prévenir.

Les maux de ventre seraient dus à la présence dans l'abdomen d'une nuée de papillons microscopiques fluorescents – cela étant, personne n'a encore réussi à capturer un de ces spécimens. Ces papillons se baladent partout dans le corps, sous la peau, et procurent de drôles de sensations : bouffées de chaleur, suées glacées… Certaines personnes ressentent aussi des démangeaisons au niveau du cuir chevelu, et d'autres sous la voûte plantaire. Toutes, sans exception, se plaignent d'une abondante transpiration. La main « moite et molle comme une vieille chips » est un des symptômes les plus répandus chez l'amoureux ou l'amoureuse.

Dans les cas les plus désespérés, on recense des évanouissements ayant nécessité une réanimation au bouche-à-bouche.

• 18 •
La révélation

La mère d'Inès nous attendait sur le parking.

– Salut les filles !

– Salut M'man.

– Bonjour Craquotte.

– Salut Marlène. La journée s'est bien passée ?

– Ouais ouais, a répondu Inès tout en montant devant vu que c'est la voiture de sa mère.

Et la première chose qu'elle a faite, avant même de boucler sa ceinture de sécurité, ç'a été de baisser sa vitre à fond.

– Remonte ta vitre, Inès ! lui a dit Craquotte.

– Mais j'ai chaud, elle a râlé.

– Mais Marlène a peut-être froid.

– T'as froid ? m'a demandé Inès, très fort, sans même se tourner vers moi.

– **NAN.**

Et je me suis rencognée dans mon siège tandis que Craquotte faisait son demi-tour sur le parking du collège telle une pilote de Formule 1.

J'aurais tout donné pour qu'elle ralentisse afin de me laisser admirer la silhouette longiligne d'Amir, qui était justement planté devant la grille. On aurait dit qu'il attendait quelqu'un, ou quelque chose. Peut-être ses parents, ou le bus pour rentrer chez lui ?

Mais au fait, c'était où, chez lui ? Et si personne ne venait le chercher ? Et si ses parents l'avaient oublié ? Je m'en suis soudain terriblement voulu de ne pas lui avoir proposé de le ramener, mais en même temps, comme c'était la mère d'Inès au volant… et surtout, ça aurait été une manière d'avouer trop franchement mon amour alors que je voulais le garder secret, rien que pour moi !

En me contorsionnant, j'ai jeté un dernier regard vers Amir et je lui ai adressé un timide coucou … auquel il n'a pas du tout répondu.

Dans la même seconde, Craquotte a accéléré pied au plancher, et Amir a rétréci sur le parvis du collège… ainsi que Kevin et Ryan avec qui il était, de toute évidence, en grande discussion.

– Tu n'as pas faim, Marlène ?

Je n'avais presque rien avalé au dîner, répondant à peine aux questions de mes parents. *Oui. Non. Ça va.* Mais devant leurs mines inquiètes, j'ai fait un mini-effort pour les rassurer.

– Je suis juste un peu crevée. Y avait sport, cet après-midi.

– Ooooh, Bouboulina s'est remué le popotin ? a ricané Teddy.

– Écrase, l'éclopé ! j'ai dit, mais sans vraie colère : je préférais encore endurer les blagues pourries de mon frère plutôt que d'expliquer à mes parents que j'avais attrapé la maladie de l'amour.

– Marlène ! Teddy ! Vous n'allez pas recommencer ! a gémi Maman, désespérée.

– Bon, sinon Marlène, tu veux inviter des amis pour ton anniversaire ? a embrayé Papa (qui est le pro de la diversion). C'est dans dix jours, il faudrait peut-être commencer à s'en préoccuper !

Ça alors… Mon anniversaire !

Avec toutes ces émotions, j'en avais oublié que j'allais bientôt avoir douze ans ! Un peu, mon neveu, que j'ai envie d'inviter des…

Mais quels amis ? Je ne connaissais personne dans ce nouveau collège pourri, et Inès était devenue ma meilleure ennemie… Certes, il y avait ces gens qui étaient venus me parler l'autre jour, mais je ne savais même pas comment ils s'appelaient, alors de là à les inviter à mon anniversaire…

– Je vais voir, j'ai dit.

Le problème, c'est que quand je cherchais dans ma tête, je ne voyais qu'un grand désert gelé, avec Inès en tout petit sur la ligne d'horizon, et puis personne d'autre – ah, si, Amir, mais flanqué des deux débiles de service, et ça, franchement, ça me donnait beaucoup moins envie d'être amoureuse de lui... même si je ne pouvais pas m'en empêcher.

On a fini de manger.

On a débarrassé.

Enfin, J'AI débarrassé, sans oublier de tracer un énième bâtonnet sur la feuille de tours de table aimantée à la porte du frigo. Je me suis consolée en me disant que quand Teddy serait rétabli, il allait avoir des centaines de tours de table de retard ; la perspective de me la couler douce pendant des tonnes de semaines me réjouissait. J'ai aidé Papa à remplir le lave-vaisselle tandis que Maman secouait la nappe dans le jardin.

Ensuite, j'ai fait des bisous à tout le monde.

J'avais le pied posé sur la première marche de l'escalier lorsque mon père a allumé la télé pour regarder les informations.

… en Syrie, les combats continuent de faire rage. Dans la ville de Homs, une bombe a fait quarante-huit morts et des centaines de blessés…

À ce moment-là, j'ai senti comme un vent glacé s'infiltrer dans mon corps.

Je me suis approchée en catimini de l'écran, sans me faire voir de mes parents assis sur le canapé, et je suis restée figée, à regarder, à comprendre sans comprendre – mais en fait, si, à très bien comprendre, soudain, d'où venait Amir, à quoi ressemblait la ville d'Amir, HOMS ! Pas Oms ! Et son pays où il y avait la *GUERRE*, pas la mer ! Non mais quelle idiote !

Et là, d'un coup, j'ai revu toute notre discussion au self, les absences d'Amir, les larmes dans ses yeux, mes questions débiles, ses réponses lapidaires… et tout est devenu limpide.

Maman a sursauté en se rendant compte de ma présence.

– Marlène ! Tu m'as fait peur ! Mais tu n'es pas montée te coucher ? Mais… Mais, tu pleures ? Qu'est-ce qui se passe encore, mon canard ?

• 19 •

Tout le peu que je sais

Alors, j'ai tout raconté à Papa et Maman. Enfin, presque tout. Enfin, le peu que je savais.

Amir venait de Syrie.

Il était en France depuis un an.

Il parlait assez bien français mais il ne comprenait pas tout, et notamment pas toutes les blagues.

Il était dans la même classe que moi, et… ET IL SUFFISAIT DE REGARDER LA TÉLÉ POUR COMPRENDRE QU'IL AVAIT FUI LA GUERRE, LES BOMBES, LES ASSASSINATS, LES MISSILES ET TOUTES CES HORREURS !

En revanche, j'étais incapable de répondre à la salve de questions et de remarques de mes parents :

– Où est sa famille ?

– Il a bien un père et une mère, cet enfant !

– Il n'a pas pu venir tout seul jusqu'en France !

– Personne ne s'occupe de lui ici ?

– Et où est-ce qu'il habite, pour le moment ?

Haussements d'épaules, dodelinements de la tête, écarquillements d'yeux, soupirs…

Devant l'étendue de ma propre ignorance, je restais sans voix.

– Et il a quel âge, ce Amir ?

Ah, ça, je savais ! Enfin, plus ou moins. Treize ? Quatorze ? Treize et demi ? Dans ces eaux-là.

– Et tu n'aurais pas craqué sur lui, par hasard ? a susurré Teddy.

Sur un ton offusqué, j'ai répondu que PAS DU TOUT et que je ne voyais PAS DU TOUT pourquoi il m'accusait de…

– Hééé, je t'accuse de rien, Bouboulina ! C'est pas un crime, d'être amoureuse ! Je note juste que tu dois être sacrément chamboulée pour ne pas avoir fini ta crème dessert chocolat-caramel-beurre-salé ! m'a-t-il lancé, goguenard, en agitant le pot à peine entamé sous ma figure cramoisie.

Je me suis tournée vers Papa.

Je me suis tournée vers Maman.

Et je me tourne vers vous, lecteurs : ça sert à quoi, les parents, si ça n'intervient pas dans ce genre de situation ?!

– Teddy, fiche la paix à ta sœur, pour une fois !

Ah. Enfin un peu de justice.

À la télé, les nouvelles continuaient de défiler.

– Papa, MONTE LE SON !

– Pardon ?

– Papa, monte le son s'il te plaît !

Et toute la famille s'est concentrée sur les horreurs du JT. On voyait des villes qui ne ressemblaient plus du tout à des villes, réduites à des tas de pierres et de poussière, des gens qui pleuraient, des gens qui couraient, des fumées qui s'élevaient de partout, des draps blancs et du sang.

Le silence nous a enveloppés tous les quatre. Je me sentais totalement abattue. Maman m'a tendu les bras,

je me suis assise sur ses genoux, et puis blottie contre elle, et laissé cajoler. Elle n'a pas du tout commenté le reportage. Elle m'a juste dit :

– Tu ne voudrais pas inviter Amir à ton anniversaire ?

Alors, j'ai ressenti une déflagration de bonheur, et j'ai sauté au cou de Maman, et tant pis pour mon amour secret, et tant pis si Teddy allait encore me mettre en boîte !

– Hé ! Bouboulina !

– **QUOI ?** j'ai répondu, tous crocs dehors.

– Non mais *keep cool*, promis c'est pas pour t'embêter… Écoute un peu : tu sais ce que ça veut dire « Amir » ? il a repris tout en désignant l'écran du portable de Maman, sur lequel s'affichait une page Wikipédia.

J'ai secoué la tête.

– Et tu veux savoir ou pas ?

– Oui, j'ai lâché.

– Ça veut dire « PRINCE » ! s'est exclamé Teddy.

Je croyais qu'il se moquait, mais non : il y avait de la tendresse dans sa voix. De la vraie tendresse.

Je n'ai pas pu m'empêcher de laisser naître sur ma figure un sourire dilaté.

❤ 20 ❤

La peur de ma vie

– Tu vas lui demander de sortir avec toi ? m'a balancé Inès d'entrée de jeu, tout en jetant son sac à dos dans le filet à bagages au-dessus de nos têtes.

– Hein, quoi ? Qui ? j'ai demandé, pivoine, en balançant mon sac à mon tour.

– Bah, Amir !

– Non mais ça va pas ? T'es dingue ! j'ai répondu, rouge tomate. Et puis si c'est pour me chercher dès le matin, tu peux t'asseoir ailleurs, j'ai grogné en désignant tous les sièges vides autour de nous.

Mais au lieu de se vexer, Inès a souri.

– Oui, tiens, je pourrais aller à côté de la mémé aux cheveux violets ! elle m'a chuchoté à l'oreille.

Et puis elle a fait semblant de malaxer la touffe de cheveux qui dépassait de l'appui-tête de devant, et on est parties d'un fou rire, mais d'un fou rire !

Ça faisait du bien. Même si Inès est une peste, elle sait être rigolote quand elle s'y met, et je me suis rendu compte tout à coup que ça m'avait manqué, son humour potache.

– Et ta cousine, au fait ? j'ai demandé pour éviter qu'elle ne revienne à la charge avec Amir.

– Mirabelle ?… Je sais pas, elle a dit en séchant ses larmes de rire.

– Comment ça, tu sais pas ? Tu ne la vois plus ? Je croyais que vous étiez liées à la vie à la mort.

Elle a baissé les yeux, un peu gênée.

– Oui… mais… mes parents disent qu'elle a une trop mauvaise influence sur moi.

– En même temps, elle ne peut pas être 100 % responsable, vu que tu as été expulsée aussi. Vous aviez fait quoi, d'ailleurs ?

– Rien…

– Vas-y, dis ! Promis je le répéterai pas.

– On avait fumé des cigarettes dans les toilettes.

– Ils vous ont renvoyées pour ça ?!

– C'est-à-dire que ce n'était pas exactement la première fois. Du coup, le directeur de **Jean Amade** a été hyper sévère : « Faut pas me prendre pour un crétin », il a dit, et c'est allé jusqu'au conseil de discipline.

– Mais en fait, pourquoi t'as fait ça ?

– Bah, je sais pas trop. En plus, j'étais malade à chaque fois. Verte comme ton pull, là.

– C'est bizarre quand même, de…

– Oh ça va, tu vas pas t'y mettre, toi aussi ! Mes parents m'ont assez fait la morale, alors qu'en plus, mon père, il fume ! On change de sujet s'te plaît. Et puis maintenant que je t'ai dit la vérité, vas-y : pourquoi tu ne demandes pas à Amir de sortir avec toi ?

– Mais, euh, ça va pas la tête !? Je le trouve sympa, c'est tout, je…

– Ouais, ouais, sympa, tu parles. T'es avec lui tout le temps, et quand tu le regardes, on dirait que tu contemples une fontaine de chocolat !

– *TERMINUS TOUT LE MONDE DESCEND !*

Ouf. Discussion suspendue. On a sauté hors du bus pour aller se noyer dans la foule, et, évidemment, je n'avais d'yeux que pour Amir, enfin, pour chercher Amir, pour trouver la silhouette d'Amir dans ce méli-mélo de corps et de voix, et je scrutais la foule à m'en poncer les pupilles.

Il fallait vite que je le trouve pour lui dire que grâce au reportage d'hier à la télé, j'avais tout pigé ! Et que j'étais **DÉSOLÉE** pour lui et pour sa maison – si bien que, maintenant, j'allais arrêter de faire des blagues et de poser des questions débiles et…

Mais Amir n'était NULLE PART.

– Tu le vois ? J'ai demandé à Inès à qui je faisais la courte échelle au pied du platane de la cour (elle avait accepté parce que j'avais fini par lui avouer que, OK, j'en pinçais un peu pour Amir).

– NAN, elle a répondu, depuis ses hauteurs.

La situation commençait à devenir inquiétante, très inquiétante : Amir étant plus grand que tout le monde, on l'aurait repéré tout de suite s'il avait été là.

Donc, il n'était pas là.

Donc, il lui était arrivé quelque chose.

– Sauf s'il est aux toilettes ! a suggéré Inès, ce qui m'a redonné espoir.

On s'est postées devant les WC des garçons, et on a attendu dix bonnes minutes en baissant les yeux à chaque fois qu'un surveillant s'approchait – Inès plongeant au sol pour soi-disant refaire son lacet.

Bref, on attendait, Inès refaisait tout le temps son lacet, des tas de garçons sortaient des WC, mais pas Amir.

Kevin est passé devant nous ; sur ses talons, Ryan suivait comme un toutou, avec un bout de PQ collé à la semelle de ses baskets, ce qui nous a valu une bonne tranche de rire... avant que je me souvienne que, dès la semaine prochaine, Kevin devait revenir dans notre classe.

Mais chaque chose en son temps. Pour l'heure, seul Amir m'importait.

Et il avait pour ainsi dire **DISPARU**.

La mort dans l'âme, assistée par Inès qui me soutenait par le bras comme s'il m'était arrivé un truc terrible, on a rejoint le troupeau d'élèves et on s'est dirigées vers les escaliers.

La journée commençait vraiment mal,

C'est alors que j'ai eu une illumination : et si la disparition d'Amir avait quelque chose à voir avec ces deux abrutis de Kevin et Ryan ?! Après tout, ils étaient les derniers à lui avoir parlé hier devant la grille…

Sans réfléchir, j'ai bondi, attrapé Kevin par le col et je l'ai immobilisé grâce à une prise de judo.

Il a été tellement surpris que j'ai lu de la peur dans ses yeux :

– Hé vas-y lâche-moi, je t'ai rien fait !

– Où est Amir ? je lui ai postillonné à la figure.

– Mais j'en sais rien, moi, c'est bon vas-y tu vas me déchirer le T-shirt !

Alors, j'ai sauté sur Ryan, je l'ai empoigné pareil.

– Qu'est-ce que tu veux que j'en sache, moi ?

Et le pire, c'est qu'on voyait que l'un comme l'autre disaient la vérité.

– C'est quoi, ce bazar ? a grondé le surveillant. Kevin, Ryan, vous voulez passer le reste de l'année séparés ?

Les deux abrutis sont repartis, la tête dans les épaules, grommelant que c'était injuste vu que c'estpas-nous-qu'on-a-commencé, et ce n'était pas faux pour une fois, mais ça leur faisait les pieds.

– En même temps, ça peut arriver à tout le monde d'être en retard, a dit Inès en recoiffant sa frange du bout de ses ongles vernis.

C'était sympa de sa part d'essayer de me rassurer... même si ça ne servait à rien. En plus, d'accord, ça peut arriver à tout le monde d'avoir un contretemps... Seulement, si Inès avait déjà été amoureuse, je veux dire profondément, du vrai amour, pas de la gnognotte de bébé de maternelle, elle aurait su que ce genre de phrase n'a AUCUN effet sur un cœur qui bat à 350 à l'heure ! Quand on aime quelqu'un, on se fait des films pour tout et n'importe quoi, et souvent pour rien !...

OK, Amir était peut-être simplement en retard, mais moi je me disais qu'il devait se cacher pour m'éviter, parce qu'il ne voulait plus me parler à cause de mes questions sottes d'hier, et puis sans doute qu'il me trouvait moche et grosse et infréquentable, et...

… et soudain, une idée beaucoup plus terrible m'est venue à l'esprit : **ET S'IL ÉTAIT RENTRÉ EN SYRIE À HOMS POUR FAIRE LA GUERRE ?!!!**

À ce moment-là, ça a sonné. Dévastée, je me suis mise en rang avec les autres tout en me dévissant la tête en arrière, regard rivé vers la grille du collège.

Toujours pas d'Amir. Nous sommes montés jusqu'à la salle de dessin, au troisième étage. Toujours pas d'Amir. Nous nous sommes installés. Toujours pas d'Amir. Le cours s'est déroulé. Toujours pas d'Amir. Ça a sonné. Toujours pas d'Amir. On s'est levés. Toujours pas d'Amir.

J'avais le cœur déchiré en mille morceaux. Des larmes plein les yeux. Amir était peut-être déjà mort à la guerre ? J'ai suivi, en queue de peloton, vers la salle d'anglais. Toujours pas d'…

– **AMIR !!!!!**

Il se tenait là, devant la porte.

J'ai remonté tout le peloton pour le rejoindre. La classe entière me regardait (surtout Inès), mais j'étais si heureuse de voir mon prince sain et sauf que je m'en fichais éperdument !

– Mais où tu étais passé ? je lui ai demandé en lui fonçant dessus (après m'être retenue *in extremis* de lui sauter dans les bras).

– En… En UPE2A.

– En quoi ?

– UPE2A.

– C'est en Syrie ?

Là, Amir a rigolé.

– Pas la Syrie ! UPE2A, c'est pour apprendre parler mieux. C'est pour le français. Il y a des autres enfants comme moi. Après je viens dans la classe avec toi. Après c'est UPE2A, et après c'est encore la classe avec toi.

Tout à mon soulagement, j'écoutais Amir sans l'entendre. Je buvais le petit-lait de ses paroles en l'imaginant trottant à l'horizon sur un poney blanc dans la lumière rose du soleil couchant avec une super belle musique derrière genre violons et je pouvais entendre le boum-boum cadencé de son cœur qui…

– Salut ! lui a lancé Inès.

Grrr… Spécialiste de l'incruste au meilleur moment, experte en bousillage de magie !

Et le pire, c'est que dans le regard d'Amir, j'ai vu passer un truc. Un GROS TRUC, énorme comme le nez au milieu de la figure.

Si bien que, tournant le dos à Amir, j'ai attrapé Inès par le bras, je l'ai pincée, et je l'ai collée contre le mur :

— Arrête ! Tu me fais mal ! elle a hurlé, si bien que le prof d'anglais a aussitôt rappliqué dans le couloir en nous demandant W*HAT IS GOING ON* ?! et même si je n'ai rien compris, j'ai préféré lâcher Inès et faire un grand sourire faux jeton, et on est entrées pour s'asseoir.

Chacune à une table séparée.

Inès, un rang devant moi. Moi, un rang derrière Inès.

— Tu t'approches d'Amir et je te fais manger ta frange, OK ? je lui ai chuchoté dans la nuque tout en ouvrant ma trousse.

— Amir, il ne t'appartient pas ! elle m'a balancé en retour, au moment de poser sa veste sur le dossier de la chaise.

— *Amir, seat down, please !* a baragouiné le prof.

Amir avançait vers moi. Il était encore au bout de la rangée. J'adore sa démarche, on dirait un léopard. J'ai rassemblé toutes mes affaires de mon côté pour lui laisser plein de place.

Mais alors, horreur intégrale : Amir s'est arrêté à la hauteur d'Inès… et il s'est assis à côté d'elle !!

Je répète, il s'est assis **À CÔTÉ DE LA TRAÎTRESSE INÈS**.

Franchement, si on n'avait pas été en classe, je crois que j'aurais tout cassé. Pendant le cours, j'ai passé l'heure les yeux baissés sur ma feuille : dès que je relevais la tête, je voyais la nuque d'Amir à côté de la nuque d'Inès. J'aurais voulu faire un bisou à la première, et planter mon compas dans la deuxième – mais si je faisais ça, je risquais d'avoir de gros soucis. Et ce n'était pas en me faisant renvoyer de **Moreto** que j'allais réussir à conquérir Amir.

Il me fallait donc un plan B.

• 21 •

B comme " bouder "

Bouder, c'est une stratégie comme une autre. Pas super élaborée, mais je n'avais trouvé que ça.

Et donc, de toute la semaine, je n'ai pas décroché un mot à Amir. C'était dur, mais je tenais bon. Alors que j'avais douze milliards de questions à lui poser…

Idem pour Inès. Le matin, sitôt jaillie de la voiture de Maman, je m'asseyais à l'autre bout du bus. Le soir, dans la voiture de Craquotte, pas un mot.

Point positif : je ne me faisais plus jamais disputer par aucun prof ni aucun surveillant.

Point négatif : je m'ennuyais comme un rat mort.

À la maison, pour compenser, je me transformais en moulin à paroles.

– Bon, Marlène, tu voudrais pas la boucler un peu, s'te plaît ?

– Teddy, laisse ta sœur s'exprimer !

J'adore quand Papa rabat le caquet de mon frère. Depuis que je fais du judo, il a arrêté de dire des trucs sur mes rondeurs, et, à table, il me propose même de me resservir des carbonara sans que j'aie à demander. De son côté, Maman est aux petits soins avec Teddy, un peu comme s'il avait quatre ans ; par exemple, elle lui propose de l'aider à couper sa viande ! C'est qui, déjà, l'assisté de la vie ?!

– Nathou, Teddy ne s'est pas fracturé le poignet ! soupire mon père.

– Il a quand même besoin d'aide ! Les béquilles, ça fatigue les bras. N'est-ce pas, mon bichon ?

Bref, rien de neuf sous le soleil : Papa et Maman ont toujours chacun leur enfant, sauf que ça s'est inversé.

♥ ♥ ♥

Ukemi par-ci, *ukemi* par-là, la chute n'a plus de secret pour moi !

Une révélation, le judo. On croirait que je suis née pour ça. C'est ce que dit Papa. Et encore, il n'a pas vu la manière dont j'ai plaqué Ryan, Kevin et Inès contre le mur !

Clefs de bras, immobilisations, projections, étranglements…

– Marlène ! Laisse respirer Léonard, quand même !

– Oh pardon !

Dans le feu de l'action, il m'arrive d'oublier à quel point je suis douée.

♥ ♥ ♥

Sur le trajet pour rentrer à la maison, Papa a allumé la radio.

Il était 20 heures. J'aurais dû être en pyjama depuis longtemps, normalement ! Je sa-vou-rais.

En Syrie, les combats continuent de faire rage près de…

J'ai monté le volume. On a écouté jusqu'au bout le flash d'informations.

Quand la musique est revenue, Papa a éteint.

– Et Amir, au fait ? Tu ne nous en as plus parlé depuis la dernière fois. Tu vas l'inviter à ton anniversaire, le week-end prochain ?

Gros silence.

– Ma chérie ?

Papa a lâché une seconde la route des yeux, s'est rendu compte que je pleurais, m'a caressé la tête, avant de reposer ses deux mains sur le volant.

– Qu'est-ce qui t'arrive, mon poussin ? Raconte.

– Rien.

– Marlène, dis-moi ce qui se passe, sinon je ne peux pas t'aider !

C'est pas faux, j'ai pensé. Et puis, mon père, il a la foi du judoka. Donc c'est quelqu'un qui sait tenir un secret.

– Inès m'a piqué Amir, j'ai dit… avant d'éclater en sanglots. Mais tu le répètes à personne ! j'ai ajouté, la voix noyée.

– Mince ! a marmonné Papa, pas très à l'aise.

Clic clouc clic clouc. On n'avait plus qu'à prendre à droite au feu rouge, et la maison serait en vue.

– Mais… ma chérie, est-ce que tu lui as dit, à Amir, que…

– Que quoi ?

– Que tu l'aimes bien.

– Mais t'es fou, papa ? Je vais quand même pas dire à mon amoureux que je l'aime ?!

Papa a souri en serrant le frein à main. Il a défait sa ceinture. Et avant d'ouvrir sa portière, il a ajouté :

– En même temps, ma chérie, c'est dommage de ne pas le lui dire. Parce que si ça se trouve, il n'a pas compris que… Enfin, je ne veux pas te donner de mauvais conseils, et je ne peux pas être sûr à 100 % de ce que je te dis, mais, dans tous les cas, je pense que le silence n'est pas forcément la tactique du siècle.

Ça a été une révélation. *Amir n'avait pas capté !*

Ce n'est pas qu'il préférait Inès : c'est qu'il n'avait rien compris ! Il se rabattait sur Inès comme quand on n'a plus le choix dans le panier de fruits et qu'on prend la pomme pourrie… Et vu qu'en plus ça faisait une semaine entière que je ne lui avais pas parlé, il croyait sans doute que je le détestais !

– Oh mon Papounet je t'adore ! et je lui ai sauté au cou par-dessus le levier de vitesses dans l'habitacle de la voiture qui faisait comme un petit cocon.

• 22 •

Mon courage à deux mains

Certaines journées commencent bien.

– Je garde Inès à la maison ! nous a lancé Craquotte, échevelée, encore en robe de chambre, depuis son perron. Elle a été malade toute la nuit ! Je verrai si je l'emmène au collège pour l'après-midi !

J'allais donc avoir le champ entièrement libre pour dire à Amir ce que j'avais à lui dire. Bien…

Arrivée dans la cour, je ne l'ai pas vu. Mais maintenant, plus aucun stress, je savais qu'il était en UPE2A ! Pendant les deux premières heures de cours, j'ai pu répéter dans ma tête la scène de ma déclaration d'amour.

À la récréation, je suis tombée direct sur lui.

– Salut Amir !

– Salut Marlène.

– Ça va ?

– Oui, ça va. Et toi ? Tu parles à moi encore ?!

– Ben, oui, évidemment…

– Je croyais que tu es fâchée contre moi.

– Moi, fâchée ?! Tu rigoles ! J'étais pas dans mon assiette la semaine dernière, c'est tout ! J'avais la gastro ! Et toi sinon, ça va ? Quoi de neuf ?

Comme je patinais, j'ai changé de sujet :

– Tu sais, l'autre jour, j'ai vu un reportage à la télé. Et du coup, j'ai tout compris : Homs, Oms, tout ça, la blague qui n'était pas une blague… et je voulais juste te dire, enfin, te demander : tu… tu ne vas pas repartir en Syrie, hein ?!?

Immense silence. Amir m'a regardée avec une lueur grise dans les yeux. Puis, d'une voix minuscule, il m'a répondu :

– Si. Un jour. Un jour, j'aime beaucoup rentrer en Syrie. C'est chez moi. C'est ma maison.

Ça m'a **DÉGOÛTÉE**. En fin de compte, c'était bien ce que je pensais : Amir se fichait complètement de moi. Il a dû voir à ma tête que sa réponse me faisait assez peu plaisir, parce qu'il a posé sa main sur la mienne *(je répète : il a posé sa main sur la mienne)* avant d'enchaîner :

– La Syrie pour moi, c'est comme pour toi ici.

– Comment ça ?

– Imagine, demain, il y a des bombes sur ta maison.

– OK… J'essaie.

– Et imagine, plein de gens sont mourus, et aussi ta famille, et tes copines, et Inès même si tu es fâchée avec elle et je sais pas pourquoi, alors tu vas te cacher loin, dans un nouveau pays. Et dans ce pays, tu ne connais rien.

– Un peu comme toi ici.

– Oui, comme moi ici. Et alors tu dois tout apprendre, tout, tout, tout, et même une nouvelle langue. Tu es contente parce que dans le nouveau pays, il y a pas la guerre. Mais tu préfères quand même que la guerre arrête dans ton pays et comme ça tu peux retourner dans ta maison. Tu vois ?

Je n'avais jamais entendu Amir parler aussi longuement. Ses fautes ne m'avaient pas du tout empêchée de le comprendre.

Oui, je voyais. Oui, je comprenais que j'avais été une égoïste de première catégorie et que décidément, je n'en loupais pas une. Ne sachant plus où me mettre, j'ai prié pour que la fin de la récré sonne… mais non. Et Amir a continué à parler :

– Quand la guerre est finie, je rentre. Mais c'est long, la guerre.

— Et, tu es tout seul ici ? Elle est où, ta famille ?

Argh ! On aurait dit que ma langue s'activait toute seule. Je m'étais pourtant promis de ne plus poser à Amir de questions embarrassantes !

Je me suis aussitôt confondue en excuses :

— Désolée, j'ai rien dit, je…

— Pourquoi, désolée ? a demandé Amir.

— Parce que la semaine dernière au self, tu m'as expliqué que tu ne voulais pas parler de ça.

— La semaine dernière, c'est loin. Aujourd'hui, c'est aujourd'hui. Je veux bien te raconter, si tu veux.

À cet instant, Amir a serré encore plus fort ma main. J'allais lui proposer de nous asseoir sur un banc lorsque…

AH NON, PAS ELLE !

Là, devant nous, toute seule sous un platane : Inès. Impossible de l'éviter.

— Bonjour Inès, a dit Amir, qui semblait hélas content de la voir.

Inès a répondu du bout des lèvres en voyant qu'on se tenait par la main.

J'ai attaqué direct :

– Je croyais que t'étais malade.

– Ça va mieux.

– Le temps de sécher les maths, quoi.

– C'est ça.

– Bon bah, nous, on y va, j'ai dit en tirant Amir par la main.

– Je peux venir ? a demandé Inès.

Et bim, coup de grâce, Amir qui lui répond avec un grand sourire :

– Oui, viens, ça fait le plaisir.

Sans me lâcher la main, mais en invitant Inès à s'incruster.

Et zut. Si elle nous collait comme ça tout le temps, comment est-ce que j'allais pouvoir dire à Amir que je l'aimais ?

Avec tout ça, en plus, il ne m'avait rien raconté.

• 23 •

La vie d'Amir entre macédoine de légumes et chipolatas

Le lendemain…

– Je peux m'asseoir avec vous ?

Avant que j'aie eu le temps de dire ouf, Amir avait déjà acquiescé et Miss Glue s'installait à côté de lui, en face de moi, en collant son plateau tout contre le sien.

Elle avait choisi la macédoine de légumes, des chipolatas et des frites. Moi, j'avais opté pour l'œuf mimosa, suivi du poisson-choux de Bruxelles.

Enfin, « opté », faut le dire vite. Dans la queue du self, concentrée sur les manœuvres d'Inès, j'avais attrapé la première assiette venue.

Résultat ? Voyant qu'Inès ne touchait pas à son entrée, Amir lui a demandé si elle voulait bien échanger sa macédoine contre ses chipos. Le coup monté !

– Grave ! a répondu Inès. T'es bizarre, toi, tu préfères la macédoine de légumes aux chipolatas ?

Amir s'est contenté de faire glisser ses saucisses dans l'assiette d'Inès tandis qu'elle lui tendait son ramequin. Comme leur petite transaction commençait à m'énerver, j'ai écrasé le pied d'Inès sous la table…

– Aïïïe !

… et récupéré la parole.

– T'aimes pas la viande ? j'ai demandé à Amir.

– Si, j'aime. Mais pas ça comme viande.

– Pourquoi ?

– Je suis musulman. Je mange pas le porc.

– Même le saucisson ?

Amir a acquiescé.

– Tu racontes ton histoire ? je lui ai demandé en remplissant son verre, puis le mien – mais certainement pas celui d'Inès.

Aussitôt, Amir a servi Miss Pimbêche qui lui a adressé un merci sonore, accompagné d'un regard de biche très appuyé. Ça m'a mis les nerfs en pelote. Même la gentillesse d'Amir commençait à m'énerver.

– Je suis né à Homs…

– Ah oui, c'est vrai ! a pouffé Inès.

– *La ferme, Ségolène,* laisse-le parler ! Vas-y Amir, continue.

Inès s'est écrasée. Amir avait l'air un peu déstabilisé.

– Oui… « Homs », ça sonne comme le village de Marlène, je sais : Fanta m'a montré sur la carte, il a ajouté.

– C'est qui cette Fanta ? j'ai dit, un brin tendue.

– « Fanta » comme du Fanta ?! s'est esclaffée Inès.

– Fanta, elle est mon éducatrice, a expliqué Amir en se détournant d'Inès. Elle m'a montré ton Oms sur la carte, Marlène, et puis à l'autre bout, mon Homs.

– Hé, y a pas que Marlène, a gémi Inès, comme si elle avait deux ans et demi. Moi aussi j'habite à Oms, je te ferais dire !

– Écrase, Pégase.

Amir a souri.

– En Syrie, à Homs, j'avais ma vie normale. J'allais à l'école. Je jouais avec mes copains. Je faisais le sport, les devoirs. J'avais mon amoureuse, la fille des amis de mes parents.

Tout à coup, un courant d'air glacé m'a traversé le cœur. Je me suis sentie devenir verte puis rouge puis blanche.

Mais je n'ai rien laissé paraître.

Enfin, j'ai cru ne rien laisser paraître.

– T'as avalé de travers ? m'a demandé Inès avec un grand sourire.

– Marlène, tu vas pas ? s'est interrompu Amir, paniqué.

– Si, si. Ça va. Continue. C'est les choux de Bruxelles, j'aurais pas dû en prendre.

Rassuré, Amir a enchaîné :

– Mon père il était musicien. Il jouait le piano. Ma mère, elle était médecin… médecin pour les yeux.

– Ophtalmologiste, j'ai complété.

– Oui, ophal…

– « Ophtalmo », tu peux dire, c'est plus facile.

Amir a hoché la tête, avant de reprendre :

– Et puis, j'avais mon grand frère…

– Il s'appelle comment ? j'ai demandé.

– Bilal.

– Il a quel âge ?

– Quatre ans en plus que moi…

– Oh, pile comme Teddy ! Dis donc, c'est vraiment hallucinant, toutes ces coïncidences !

Là, Amir s'est interrompu net. Il a avalé sa salive. Il a gratouillé du bout de l'ongle un vieux truc qui était resté collé à sa fourchette, ça arrive souvent à la cantine, et il a continué son récit.

– Et un jour il y a la guerre.

À cet instant précis, Kevin et Ryan sont passés juste à côté de nous. Grand trait de sueur froide dans mon dos. Amir leur a dit bonjour avec le salut débile des garçons, paume contre paume, poing contre poing.

– Tu les aimes pas ? m'a demandé Amir, qui décidément lisait sur ma figure à livre ouvert.

– Toi, t'es sûrement le seul du collège à ne pas avoir lu le journal de l'autre week-end ! a rigolé Inès.

– Y a quoi dans le journal ? a demandé Amir.

– Y a que Kevin et Ryan ont traité Marlène de grosse baleine et qu'ils ont PÉTÉ LA 🤮☠️😫 à son frère ! a claironné Inès…

… mais manque de chance pour elle, le surveillant est passé juste à ce moment-là.

– Qu'est-ce que c'est que ce langage, jeune fille ? Et rangez votre sac, on va se prendre les pieds dedans !

– C'est pas le mien, a râlé Inès en shootant dans mon sac où il était écrit « JUDO ».

Quand Amir a vu ça, ses yeux se sont aussitôt mis à pétiller.

– Tu fais le judo ? il m'a demandé.

Son visage était tellement beau que je lui ai pardonné de ne pas s'être souvenu que je lui avais déjà dit, pour le judo.

J'ai répondu oui, l'air dégagé, comme si je pratiquais depuis des années – et, allez savoir comment, j'ai trouvé le courage de lui proposer de venir au cours avec moi le soir même ! (De toute façon, maintenant que je savais qu'il avait une copine en Syrie... autant se rabattre sur l'amitié sportive).

– J'aimerais bien, mais je peux pas. Il faut l'argent..., a dit Amir, dépité.

– *T'inquiète, Paulette* : j'ai mes entrées !

– Euh... C'est qui, Paulette ? il a demandé.

– Laisse tomber, c'est juste une blague pourrie de Marlène, pour la rime, lui a expliqué Inès en soupirant exagérément. Elle fait ça tout le temps, t'as pas remarqué ?

– En gros : tu peux venir au judo si tu veux, j'ai tranché.

– Mais je dois téléphoner à Fanta d'abord ! a dit Amir, tout à coup très inquiet.

– Oh là, je compatis ! Côté surprotection, je suis servie ! Ta mère, elle ne peut pas être pire que la mienne ! j'ai ajouté en rigolant…

… et dans la seconde, j'ai senti que j'avais encore commis la bourde du siècle, car le visage d'Amir venait de rechanger d'expression. Mais il m'a simplement demandé ce que signifiait « compatis ». Et si j'avais un téléphone portable – hélas, non.

Cela dit, ça devait pouvoir se trouver.

– Et alors il s'est passé quoi, après ? j'ai demandé à Amir en dépiautant ma *Vache Qui Rit* avec le petit bidule rouge. Quand la guerre a éclaté ?

– Des bombes tombent tous les jours à Homs… et des gens tirent partout avec des fusils. Les immeubles sont tout détruits. Dans la rue, c'est très dangereux. J'ai arrêté l'école. J'ai arrêté le judo.

– Donc, tu fais aussi du judo ! l'ai-je coupé, trop heureuse pour ne pas l'interrompre.

– Oui, avant. Mais j'ai arrêté parce qu'avec les bombes, je pouvais plus y aller.

– Alors… tu faisais quoi de tes journées ? a demandé Inès, soudain très attentive.

– On reste dans l'appartement. On prie pour que les bombes tombent pas sur nos têtes. Et il n'y plus d'eau. Plus de lumière. Presque plus rien à manger. Tous les magasins sont fermés à cause que c'est dangereux. À la fin, on est partis.

– J'aurais fait pareil ! j'ai dit.

– Moi aussi ! a ponctué Inès. C'est dingue, en fait, parce que tu vois, la guerre, pour nous, c'est juste un truc de jeux vidéo.

– On a donné beaucoup d'argent pour une voiture jusqu'au Liban, a poursuivi Amir. Après, on a encore donné beaucoup d'argent pour aller jusque la Turquie.

– Mais pourquoi vous n'avez pas pris l'avion ? j'ai dit.

– C'est trop d'argent. En plus, il faut le visa et c'est très difficile d'avoir ça.

– C'est quoi, le visa ? a dit Inès.

– Ça sert… à avoir le droit de rentrer en France.

– Et après ? a murmuré Inès, absorbée comme jamais.

– Après, on a pris un bateau pour traverser le mer jusque le Grèce. C'était un très petit bateau, avec beaucoup trop de monde. On ne pouvait pas tous tenir dedans.

– Oh, l'arnaque !

– Moi seulement j'avais le gilet pour le sauvetage, a continué Amir, les yeux très fixes.

J'étais outrée.

– Mais pourquoi est-ce que les autres n'avaient pas de gilet de sauvetage ?

– Parce que pour le gilet, il faut encore plus de l'argent, a répondu Amir.

– Attends… tu veux dire que le gilet n'était pas compris dans le prix ?!

Amir a secoué la tête. À cet instant, un surveillant est arrivé : on n'avait plus que trois minutes pour terminer de déjeuner. Et heureusement, en un sens, parce que sinon je crois qu'Amir se serait mis à pleurer.

• 24 •

La vie d'Amir, suite et fin à la récré de l'après-midi

À la récré, Amir a terminé son histoire. Inès Pot De Colle était encore venue squatter.

– Comme j'étais le plus petit, c'est moi que j'ai mis le gilet pour le sauvetage, a dit Amir, reprenant le fil de son récit.

– C'est normal ! j'ai dit – exactement en même temps qu'Inès.

– Le bateau est parti pendant le nuit, a continué Amir.

– Pourquoi ?

– À cause de la police.

– Oui, mais pourquoi ? a insisté Inès.

– Parce que quand tu viens de Syrie, tu dois avoir le visa et que nous on l'a pas.

– Il l'a déjà dit, en plus ! j'ai soupiré, les yeux au ciel.

Amir a poursuivi :

– Après, il y a le vent, et la tempête. Des grosses vagues secouent le bateau. Ça fait très peur. Et comme on est trop de gens, le bateau se retourne. Et voilà.

Cette fois, ni Inès ni moi n'avons moufté. Pas de « Comment ça ? » ou de « Et après ? », parce que d'un seul coup, on avait tout compris.

Les larmes floutaient les beaux yeux d'Amir mais il ne pleurait pas, et je me demandais comment c'était possible. Inès a pris sa main gauche. Moi, sa main droite.

Et c'est alors que Ryan et Kevin sont passés devant nous.

– Oh mais ils sont mignons, les trois !

– Ça veut dire quoi, « mignons » ? m'a demandé Amir…

… mais je n'ai pas eu le temps de répondre, car Inès fonçait déjà droit sur eux, les poings serrés.

— Et ta mère, elle chausse du 2 ?! elle a lancé à Ryan, furibarde.

— Ouais ! Viens là que je te réagrandisse ton T-shirt, minable ! j'ai ajouté.

Ils ont haussé les épaules en ricanant comme des idiots.

— Pourquoi ils font ça ? a demandé Amir.

— Je sais pas trop, j'ai répondu.

— Ils sont débiles, a dit Inès.

— Et peut-être… jaloux, j'ai ajouté.

— C'est quoi, jaloux ?

– C'est quand il y a deux amoureux qui s'embrassent et que tu voudrais bien être un des deux, j'ai dit d'un trait, en plongeant tête la première dans les yeux d'Amir.

Alors, Amir a serré un peu plus ma main, sans toutefois lâcher celle d'Inès.

Puis il a jeté un regard dédaigneux à Ryan et Kevin, et les deux se sont aussitôt carapatés sans demander leur reste.

♡ ♡ ♡

Après ça, les cours m'ont semblé d'une absurdité totale. Difficile de se concentrer sur la conjugaison du plus-que-parfait quand on sait qu'il existe des endroits où plein de gens comme la famille d'Amir sont obligés de tout abandonner à cause de la guerre ! Des tas de questions se carambolaient dans ma tête. Pourquoi est-ce qu'on ne donnait pas des gilets de sauvetage à tout le monde ? Ou, mieux, des visas et des billets d'avion ? Ça ne doit pas coûter si cher !

Et puis, il y a plein de place, en France, et plein d'argent ! Rien qu'à Oms, on peut mettre je ne sais pas combien de familles ! En plus, ce serait super parce que l'autre jour, Maman a dit que si ça continuait comme ça, l'école d'Oms risquait de fermer : il n'y aura bientôt plus assez d'enfants pour qu'on la maintienne ouverte.

– Marlène, tu m'écoutes ? a râlé le prof de maths.

– Non monsieur, j'ai dit.

Il m'a regardée, bouche bée, prêt à me coller pour insolence.

– Je pense à la Syrie, j'ai ajouté.

J'imagine que le prof devait être au courant de ce qui se passait là-bas, parce qu'il m'a fichu la paix.

❦ ❦ ❦

À la sortie des cours, comme Inès marchait vers la voiture de sa mère et moi vers la voiture de Papa (on était mardi, jour du judo), Inès s'est arrêtée ; et sans prévenir, elle m'a fait la bise et elle m'a demandé pardon pour le début de l'année. Elle était désolée. Est-ce que je voulais bien qu'on redevienne meilleures amies ?

Je n'ai pas dit oui tout de suite, histoire de faire durer le suspense ; j'ai répondu que j'allais réfléchir, mais en vrai je savais bien que j'allais passer l'éponge, parce qu'on a tous le droit d'être un peu crétin de temps en temps… à condition de s'excuser après.

Tout à coup, j'ai senti une main sur mon épaule.

– Je peux venir faire le judo avec toi ? m'a demandé Amir avec un immense sourire.

J'étais aux anges.

Simplement, il fallait d'abord appeler Fanta, l'éducatrice.

– Faut faire quoi ?! a dit Papa, pris de court.

– Il faut appeler le foyer d'Amir pour avoir l'autorisation de l'emmener au judo. Papa s'il te plaît dis oui dis oui dis oui ! ai-je supplié.

– D'accord, d'accord, a répondu Papa en fouillant dans sa boîte à gants. Si je n'ai pas laissé mon portable à la maison !

– Oh non Papa t'as pas fait ça ?

Gros suspense le temps que Papa explore le contenu de sa boîte à gants…

– Je l'ai !

Miracle.

Papa a parlé à Fanta au téléphone, et en deux secondes, l'affaire était pliée. Go pour le dojo !

• 25 •

Amir, un sacré judoka

Pendant le cours, Papa n'a pas arrêté d'observer Amir : on voyait bien qu'il était SCOTCHÉ.

En vérité, Amir avait carrément un niveau de champion, alors qu'en plus il était en jean, pas du tout habillé comme il fallait.

De mon côté, j'ai tout donné. Et moi non plus, Papa ne m'a pas lâchée des yeux. Et Amir non plus.

Il faut dire que je me suis vraiment surpassée, roulant de tous les côtés avec grâce, ne flanchant jamais à l'échauffement, faisant exactement tout bien comme il fallait.

Soudain, dans les yeux d'Amir, j'ai vu repasser le gros truc de l'autre fois, quand il regardait Inès... sauf que ce gros truc s'adressait... À MOI ?!

– Tu fais du judo depuis tout petit, n'est-ce pas ? lui a lancé Papa en sortant du dojo.

– Oui, Monsieur.

– Allons, arrête avec tes « Monsieur » ! J'ai l'impression que tu parles à un vieillard ! Appelle-moi Odilon, s'il te plaît ! a dit Papa en souriant.

Alors, Amir s'est mis à l'appeler Odilon. Et ça m'a fait bizarre. C'était comme si Amir et moi étions déjà mariés et qu'il s'entendait super bien avec ma famille – il ne connaissait pas encore mon frère et ma mère mais ça n'allait pas tarder vu que Papa, après le cours, a invité Amir à dîner.

On voyait qu'Amir avait très envie de dire oui. Le cours de judo lui avait plu et Papa a dit qu'on allait lui trouver une tenue adéquate « pour la prochaine fois ».

Seulement, Amir ne pouvait pas faire exactement ce qu'il voulait parce qu'au foyer, Fanta l'attendait.

– C'est quoi son vrai prénom, à Fanta ? j'ai osé.

– C'est son vrai prénom, m'a répondu Amir, étonné.

– Ah, d'accord… Et c'est quoi, son métier ?

– Elle s'occupe de moi et elle m'aide aussi pour les papiers et pour l'école.

C'est sa maman de remplacement, j'ai pensé, mais je me suis cousu la bouche.

– C'est pas aussi bien que ma maman, mais j'aime beaucoup Fanta, a dit Amir comme s'il avait lu dans mes pensées.

Et encore une fois, je me suis demandé comment il faisait pour ne pas pleurer.

– Bon, on ne te garde pas pour dîner ce soir, alors ? a repris Papa. Mais ce n'est que partie remise, je te préviens ! Où est ton foyer ?

Amir a tendu à Papa un papier avec l'adresse marquée dessus. Mon père l'a tapée dans son GPS. On a roulé en silence, dans la nuit, Amir devant et moi derrière, le menton sur le siège d'Amir, respirant son odeur un peu mélangée à celle de pieds du dojo, mais c'était malgré tout l'odeur la plus délicieuse du monde et j'avais le cœur qui battait à une vitesse supersonique.

♡ ♡ ♡

Papa s'est garé devant le foyer. Alors, Amir s'est tourné vers moi ; sa figure était toute proche de la mienne.

– Salut ! j'ai dit, plus rouge que les feux arrière de la voiture (heureusement qu'il faisait nuit).

– À demain, Marlène ! a répondu Amir.

Entendre mon prénom dans sa bouche, ça m'a donné l'impression que du miel tout doux me coulait dans l'oreille. Papa est sorti pour l'accompagner et je suis restée dans la voiture. J'aurais bien aimé lui faire la bise, mais je n'ai pas osé.

Le foyer était un petit immeuble moche d'un étage, peint en saumon. La porte s'est ouverte ; Papa serrait la main à une dame avec des cheveux formidables, tout bouclés, qui formaient une boule vaporeuse autour de son visage. Ça devait être Fanta.

La porte du foyer allait se refermer lorsque j'ai percuté : j'avais complètement oublié d'inviter Amir à mon anniversaire !

J'ai ouvert sauvagement ma portière pour lui crier :

– Attends attends ! Deux secondes !

Cul par-dessus tête dans mon cartable, j'étais confrontée à un dilemme : j'avais le choix entre arracher une page de mon agenda *Hello Kitty* ou de mon carnet de correspondance.

SCHRAAAK ! (Je vous laisse deviner ce que j'ai choisi).

À toute vitesse, avec le premier stylo qui m'est tombé sous la main (le rouge), j'ai griffonné : « **INVITATION À MON ANNIVERSAIRE SAMEDI APRÈS-MIDI PROCHAIN** ».

Puis j'ai plié le papier en douze et je l'ai tendu à Amir par la portière entrebâillée.

En effleurant ses paumes, j'ai cru défaillir.

– C'est quoi ?

– Tu verras !

• 26 •

Mon frère, cet être insoupçonné

De retour à la maison, on a attaqué les croque-monsieur que Maman et Teddy nous avaient laissés.

– Vous en avez mis, un temps! Je commençais à m'inquiéter! a dit Maman.

Et comme on ne parlait pas beaucoup :

– Ça ne va pas, ma chérie? Odilon, tu as l'air tout chose aussi. Qu'est-ce qu'il y a?

Il y avait que je venais de raconter à Papa toute l'histoire d'Amir. Alors, pour que Maman comprenne ce qu'avait Papa, je lui ai aussi tout raconté, avec autant de détails que possible.

Depuis le canapé, Teddy faisait mine de jouer à *Candy Crush* sur le portable de Maman. Mais au fil de mon récit, il s'est redressé, et puis il a fini par se lever pour se rapprocher de la table. Il s'est assis avec nous pour écouter la fin de l'histoire.

On aurait dit… que ses traits fondaient. Lui qui me coupe tout le temps la parole m'a écoutée religieusement. Et à la fin, je vous assure que je n'ai pas rêvé : deux grosses larmes roulaient sur ses joues. Peut-être était-il triste pour Amir, mais je crois aussi qu'il faisait une *projection*.

Une projection, ce n'est pas un gros mot, c'est quand on s'imagine que quelque chose nous arrive alors que ça arrive à la personne d'à côté, ou à quelqu'un qu'on ne connaît même pas. En fait, on s'imagine être à la place de cette personne.

Tout le monde fait un peu ça. Pas vous ? Je ne sais pas à la place de qui Teddy s'imaginait, mais il avait une tête de déterré.

– Et après le naufrage… il s'est passé quoi ? il a murmuré en séchant ses larmes tandis que Maman lui caressait les cheveux.

Là, je me suis rendu compte qu'il me manquait la fin de l'histoire.

– Je ne sais pas. Je demanderai demain à Amir.

– Euh, ma chérie… tu ferais peut-être mieux de ne pas lui poser de questions, a conseillé Maman.

– Tu crois ?

– Je ne sais pas, mais, à ta place, j'attendrais qu'il me raconte ce qu'il a envie de me raconter au moment où il en a envie. Après ce qu'il a vécu, c'est sans doute un garçon… fragile. Laisse-lui le temps. Rappelle-toi ce que tu nous as dit de votre rencontre : au début, il s'était un peu braqué à cause de tes questions, n'est-ce pas ?

C'est vrai, ça… Elle se souvient toujours de tout, Maman.

– Mais alors, il n'a pas de famille ici pour s'occuper de lui ? a repris Teddy.

– Sa famille, c'est Fanta, a dit Papa.

– Oui… et puis, c'est peut-être aussi un peu toi, maintenant, a ajouté Maman (j'ai rosi comme une tranche de salami). Parce que les amis, c'est une sorte de famille : une grande famille qu'on se choisit !

Papa a posé sa main sur la mienne.

– À propos d'amis, Marlène chérie : ton anniversaire, c'est dans quatre jours… tu as invité qui ?

– Amir…, j'ai dit d'une toute petite voix.

– Et puis ?

– Et puis c'est tout.

• 27 •

La semaine la plus longue de toute ma vie

Mercredi, jeudi, vendredi, **SAMEDI**! Trois jours à patienter. Une éternité. Trois nuits à me retourner dans mon lit comme une crêpe tellement j'étais excitée à l'idée du grand jour. Et évidemment, ce n'est que vers 4 ou 5 heures du matin que je parvenais à trouver le sommeil… si bien que lorsque mon alarme sonnait, il fallait une grue pour me tirer de mon lit.

– C'est plus des cernes, que tu as, c'est des valises!

Sacrée Inès. Toujours le mot pour plaire.

Mais elle avait raison.

Pourtant, malgré la fatigue accumulée, samedi matin je suis tombée du lit à 6 heures. Fraîche comme une rose. Impossible de me rendormir. Les secondes refusaient de s'égrener, les minutes restaient collées les unes aux autres, les heures traînaient…

Au petit déjeuner, je n'ai presque rien avalé. J'ai accompagné Papa à la poissonnerie pour que le temps passe un peu plus vite. Il avait eu l'idée de préparer un barbecue de poisson.

Tandis que Papa enfilait les bouts de lotte sur des piques et embrochait les crevettes sur d'autres piques, Maman tendait sa plus belle nappe sur la table, et moi, je n'arrivais pas à détacher le regard de l'horloge de la cuisine.

– Tu vas finir par l'user à force de la regarder ! s'est moqué Papa, et Maman s'est mise à me taquiner à son tour, et là j'aurais vraiment pu m'énerver mais j'ai préféré traiter tout ça par le mépris : ce n'est pas de leur faute, aux adultes, s'ils n'ont jamais été amoureux.

Bizarrement, seul Teddy ne se moquait pas. Il semblait presque aussi impatient que moi. À tel point qu'il est venu avec nous chercher Amir au foyer !

• 28 •

Un anniversaire pas comme les autres

Fanta et Amir devaient sans doute guetter l'arrivée de la voiture car à peine garés, on a vu mon amoureux jaillir de l'immeuble avec un petit sac sur l'épaule et… un énorme bouquet de fleurs dans les bras !

J'ai pris mon courage à deux mains pour lui faire la bise alors que je savais très bien que Papa et Teddy me regardaient, mais bon, j'étais grande maintenant, et tant pis pour mon visage écrevisse.

Ensuite, j'ai voulu laisser monter Amir à l'avant, mais il a insisté pour s'installer sur la banquette. J'ai fait les présentations, Teddy-Amir, Amir-Teddy.

Papa lui a adressé un salut sonore et chaleureux, et il a appuyé sur le champignon.

Le parfum des fleurs se répandait dans l'habitacle de la voiture. J'en avais le tournis.

– Tu sais que Teddy aussi est un judoka, Amir ? lui a dit Papa dans le rétroviseur.

Teddy a souri – un peu tristement.

– Oui, enfin, *j'étais* judoka ! a-t-il rectifié pour Amir en lui montrant ses béquilles.

– Oh ! a dit Amir, qu'est-ce qui est arrivé ?

– Ryan et Kevin, j'ai dit d'un ton sec.

D'un coup, Amir a saisi. Et puis il a demandé si Maman aussi était judoka, et on a éclaté de rire tellement cette idée de ma mère sur un tatami nous semblait drôle. Il ne le fait pas toujours exprès, mais il a vraiment un bon humour, Amir.

– Tu es ceinture quoi ? a enchaîné Teddy.

– Je suis ceinture rien ! Je fais le judo pour le plaisir, pas pour gagner, a répondu Amir.

Ceinture-rien… c'est marrant aussi, quand on y pense !

Maman est sortie sur le perron avant même qu'on ne soit garés. Elle s'est précipitée vers la voiture pour aider Teddy à descendre tandis qu'Amir lui tendait ses béquilles.

– Merci ! a souri Teddy.

Et puis, il a ajouté en rigolant et en me désignant du menton :

– Je te préviens : ma petite sœur, c'est à tes risques et périls !

Amir a dit en souriant que ça ne lui faisait pas peur, et c'est à ce moment-là que j'ai compris que ça devait être fini avec la fille en Syrie.

Là-dessus, Amir s'est avancé vers Maman, et… et il lui a tendu le bouquet de fleurs. Non mais, c'est mon anniversaire à moi !

Une fois de plus, Amir a lu mon visage comme un livre ouvert, car il m'a tout de suite dit :

– Ne t'en fais pas, ton cadeau est dans mon petit sac.

Je me suis pris la honte du siècle, mais j'étais quand même soulagée.

– Gardez de la place pour le gâteau ! a dit Maman en voyant à quelle vitesse on descendait les brochettes (comme s'il existait des gens pour ne plus avoir assez de place pour le gâteau d'anniversaire le jour d'un anniversaire !).

Tout le monde m'a chanté « Apibeurresdétouyou », j'ai soufflé mes douze bougies d'un coup. En fermant fort les yeux, j'ai formulé mon vœu le plus cher… En les rouvrant, je suis tombée dans ceux d'Amir.

Papa et Maman m'ont offert des tonnes et des tonnes de… livres. Teddy, lui, m'a offert un porte-clés en forme de lampe de poche pour éclairer la serrure la nuit, ce qui est super même si ça ne sert à rien vu que je ne rentre jamais à la maison toute seule la nuit, mais bon.

C'est alors que Teddy a tendu un paquet à Amir. Étonné, Amir m'a pointée du doigt.

– Non… C'est l'anniversaire de Marlène ! Pas moi !

Mais Teddy a insisté.

Les mains d'Amir tremblaient lorsqu'il a ouvert le paquet.

Et quand il a déplié le kimono que Teddy lui donnait – son propre kimono –, il a balbutié des remerciements… et il a fondu en larmes.

Et je dois vous avouer que moi aussi.

Et mes parents aussi.

Bref on avait l'air fin, tous en pleurs, si bien qu'on a fini par rire en même temps, ce qui a vite formé un gros fatras d'émotions mélangées, et c'était super fort, et super beau, et super triste, et super joyeux, tout ça à la fois. Spécial, cet anniversaire !

Au bout d'un moment, on s'est calmés. Je me suis levée, j'ai fait des bisous à Papa, plein, à Maman, plein, à Teddy, plein, en les remerciant.

J'étais si chamboulée que j'en avais oublié qu'Amir ne m'avait pas encore offert son cadeau. Je me suis retrouvée comme une idiote, mourant d'envie de lui faire à lui aussi des tonnes de bisous, et pas les mêmes que ceux que j'avais faits à ma famille… mais n'osant pas bouger d'un pouce. PÉTRIFIÉE, c'est le mot.

Alors, Amir a fouillé dans son petit sac et il m'a tendu une enveloppe. Je l'ai ouverte touuuuuuut doucement.

Amir m'avait écrit… un poème. Un vrai poème qu'il avait inventé lui-même.

Un poème qui s'appelait *Marlène*.

Marlène

*Ma chère Marlène belle comme l'arc-en-ciel
Avec toi je suis tout près du soleil
Rien n'est plus joli que le vent dans tes cheveux
La lune est toute pâle à côté de tes yeux
Et en plus tu as une très jolie voix
Ni les étoiles ni la planète Mars ne scintillent plus fort que toi
Est-ce que tu veux bien sortir avec moi ?*

Signé : Amir

Cet instant-là, c'est simple : c'est la plus belle seconde de ma vie tout entière.

Toujours muette et figée, je ne parvenais pas à ébaucher un geste vers Amir, mais les larmes avaient transformé mes yeux en miroir.

Amir me souriait. Il s'est levé pour me faire un énorme bisou, sur la joue vu qu'il y avait mes parents, mais après un tel poème, aucun doute : c'était un bisou d'amour.

● 29 ●

Vive les intempéries!

Lorsque je suis revenue sur Terre, la table avait été débarrassée comme par enchantement (un enchantement nommé Papa).

Amir était parti essayer le kimono de Teddy. Papa finissait de remplir le lave-vaisselle et Maman secouait la nappe dans le jardin…

Soudain, elle est revenue en courant :

– Ça tombe !

Elle parlait de la pluie, bien sûr.

– Aïe… C'est râpé pour la balade ! a dit Papa.

– On n'a qu'à faire des jeux ! a rétorqué Maman.

Seulement, pour la plupart des jeux, il faut être un nombre pair.

– Tu n'as qu'à appeler Inès ! a suggéré Papa.

Sur le coup ça m'a ulcérée, mais je me suis souvenue de ses excuses, et donc, OK, pourquoi pas.

Dehors, la pluie redoublait, et je ne sais pas si vous êtes au courant, dans les Pyrénées Orientales, les intempéries, ça ne rigole pas.

– Comment tu trouves moi ?

Mon amoureux était dans le salon. Le kimono lui allait pile poil… On aurait dit du sur-mesure !

♡ ♡ ♡

Toc toc toc, Inès est arrivée.

Quand elle m'a tendu un énorme cadeau, je me suis sentie vache de ne pas l'avoir invitée.

J'ai déballé le paquet. Inès m'avait offert un super beau… livre. Bon ! Mais l'intention était quand même sympa – prévoir un cadeau d'anniversaire alors qu'on n'a même pas été invitée !

Je me suis dit qu'on était vraiment quittes, maintenant. On allait pouvoir fumer le calumet de la paix !

Tout l'après-midi, on est restés bien au sec à faire des jeux de société, et c'était **GÉNIAL**. On a joué au Pictionnary, au Monopoly, au Uno, par équipes de deux, et j'étais toujours avec Amir, et Teddy ne s'est même pas montré mauvais joueur.

Quant à moi, entre perdre ou gagner, je n'avais aucune préférence : la seule chose qui m'importait, c'était

de me tenir tout près d'Amir et de toucher parfois ses mains quand il me passait les dés ou qu'il me chuchotait une tactique à l'oreille.

Vers 17 heures, Inès est rentrée chez elle sous un grand parapluie de Maman. La pluie se transformait en déluge, additionné d'une tempête et d'un ouragan. Et une heure plus tard, au moment où Amir aurait dû partir, ça avait encore empiré. Je rappelle que chaque année, dans les Pyrénées Orientales, il y a des morts à cause des intempéries ! D'un seul coup, l'eau monte et emporte tout sur son passage, les arbres, les voitures, les gens, elle remplit même les sous-sols des maisons ! Nous, ça va, parce qu'à Oms, on est en altitude, sur une colline, mais on n'est jamais trop prudents… surtout quand ça me permet de garder Amir à la maison toute la nuit !

— Vous comprenez, Fanta, prendre la route serait très imprudent dans ce genre de circonstances ! a dit Papa au téléphone.

J'imagine que Fanta était d'accord, parce que la conversation s'est vite terminée.

Lorsque Papa a raccroché, Amir avait l'air à la fois content et gêné. Il s'est approché de Maman et il lui a chuchoté un truc à l'oreille. Maman a souri avant de le rassurer d'une petite caresse sur l'épaule.

– Teddy, tu auras bien un T-shirt et un caleçon à prêter à Amir, n'est-ce pas ? Et, Marlène, ma chérie, tu monterais dans la salle de bains chercher une brosse à dents ? Il y en a des neuves dans le placard sous le lavabo !

Teddy est parti de son côté, aussi vite que ses béquilles le lui permettaient. Moi du mien – une vraie tornade. Amir allait rester dormir ! En un sens, c'est donc ce temps de chien qui m'a offert mon deuxième plus beau cadeau d'anniversaire après le poème !

De son côté, Maman a ouvert le frigo : la misère, elle avait complètement oublié de faire les courses.

Du coup, on allait faire… **DES CRÊPES!** Le temps qu'elle prépare le lit d'Amir, est-ce que Papa voulait bien préparer la pâte?

Pendant que Papa luttait contre les grumeaux, on est montées montrer sa chambre à Amir.

On a rigolé en mettant la couette parce que c'est toujours la galère, ce moment-là. Maman tenait les deux coins du haut tandis qu'Amir mettait le coin du bas à gauche et moi celui du bas à droite. Puis, Maman a secoué le tout pour bien répartir le bazar, et elle a jeté la couette sur le lit. À cet instant, une petite plume a volé et est venue se poser sur les cheveux d'Amir.

Au même instant, une délicieuse odeur de crêpe brûlée s'est répandue dans la cuisine, et Maman a couru voir ce qui se passait, nous plantant tous les deux, Amir et moi, l'un en face de l'autre.

Alors, Amir s'est avancé. Il a serré mes mains entre les siennes. Et il m'a déposé un *bisou* tout doux SUR LA BOUCHE en me chuchotant que j'étais son amoureuse. Sans la vivifiante odeur de crêpe carbonisée qui montait de la cuisine, je suis certaine que je me serais évanouie de bonheur.

→ *Fin*

Le feuilleton des Inc🕮s

Proposer aux jeunes lecteurs de pénétrer dans les coulisses de la création d'une histoire. C'est cette idée, à la fois simple et novatrice, qui est à l'origine du Feuilleton des Incorruptibles.

Pendant plus de douze semaines, des groupes de lecteurs ont entretenu une correspondance personnalisée avec un auteur. L'objet de ces échanges ? Un texte posté tous les quinze jours chapitre par chapitre par un écrivain, passablement anxieux à l'idée d'être soumis aux jugements décomplexés des jeunes.
Le résultat ? Une histoire commentée et questionnée par deux cent cinquante lecteurs, aussi curieux qu'impitoyables, et autant de débats et échanges, questions existentielles et interrogations futiles, mots doux et bons mots…

Avec la complicité des éditions Sarbacane, le texte a été travaillé comme un manuscrit traditionnel avant de prendre le chemin des presses. C'est une aventure où l'intime et le collectif se conjuguent et se répondent pour désacraliser l'acte d'écriture, comprendre le processus de publication d'un texte, inciter à la lecture, encourager la réflexion, tisser des liens privilégiés avec un auteur et, pourquoi pas, susciter des vocations…

Association le Prix des Incorruptibles
13 rue de Nesle - 75006 Paris
01 44 41 97 20
www.lesincos.com

Groupes de lecteurs participants

La 6e7 du collège La Côte Radieuse de Canet-en-Roussillon (66)

ReadElne du collège Paul Langevin d'Elne (66)

La 6e1 du collège Jules Verne du Soler (66)

La 6eC du collège Albert Camus de Perpignan (66)

La 6e2 du collège Marcel Pagnol de Perpignan (66)

Les adjuvants pradéens du collège Gustave Violet de Prades (66)

Les petites plumes de Millas du collège Christian Bourquin de Millas (66)

Les élèves du collège Le Ribéral de St Estève (66)

Directeur de publication : Frédéric Lavabre
Collection dirigée par Tibo Bérard
Maquette : Claudine Devey

© Éditions Sarbacane, 2018

Tous droits de reproduction, de traduction
et d'adaptation réservés pour tous pays.
Loi n° 49-956 du 16 juillet 1949
sur les publications destinées à la jeunesse.

Achevé d'imprimer en janvier 2018
sur les presses de l'imprimerie Grafica Veneta S.p.A.
N° d'édition : 0032
Dépôt légal : 1er semestre 2018
ISBN : 978-2-37731-072-2

Imprimé en Italie